dobradiça ——

dobradiça

— Julie Fank

✳ telaranha

© **Julie Fank, 2023**

Edição
Bárbara Tanaka e Guilherme Conde Moura Pereira

Fotografias
Julie Fank

Capa e projeto gráfico
Bárbara Tanaka e Guilherme Conde Moura Pereira

Preparação de original
Bárbara Tanaka

Revisão
Guilherme Conde Moura Pereira

Dados Internacionais de Catalogação na Publicação (CIP)
Bibliotecário responsável: Henrique Ramos Baldisserotto – CRB 10/2737

F212d	Fank, Julie
	Dobradiça / Julie Fank. — 1. ed. — Curitiba, PR: Telaranha, 2023.
	168 p.
	ISBN 978-65-85830-00-3
	1. Crônica Brasileira I. Título.
	CDD: 869.94

Índices para catálogo sistemático:
1. Crônica : Literatura Brasileira 869.94

Direitos reservados à
TELARANHA EDIÇÕES
Curitiba/PR
41 3246-9525 | contato@telaranha.com.br
www.telaranha.com.br

Impresso no Brasil
Feito o depósito legal

1ª edição
Setembro de 2023

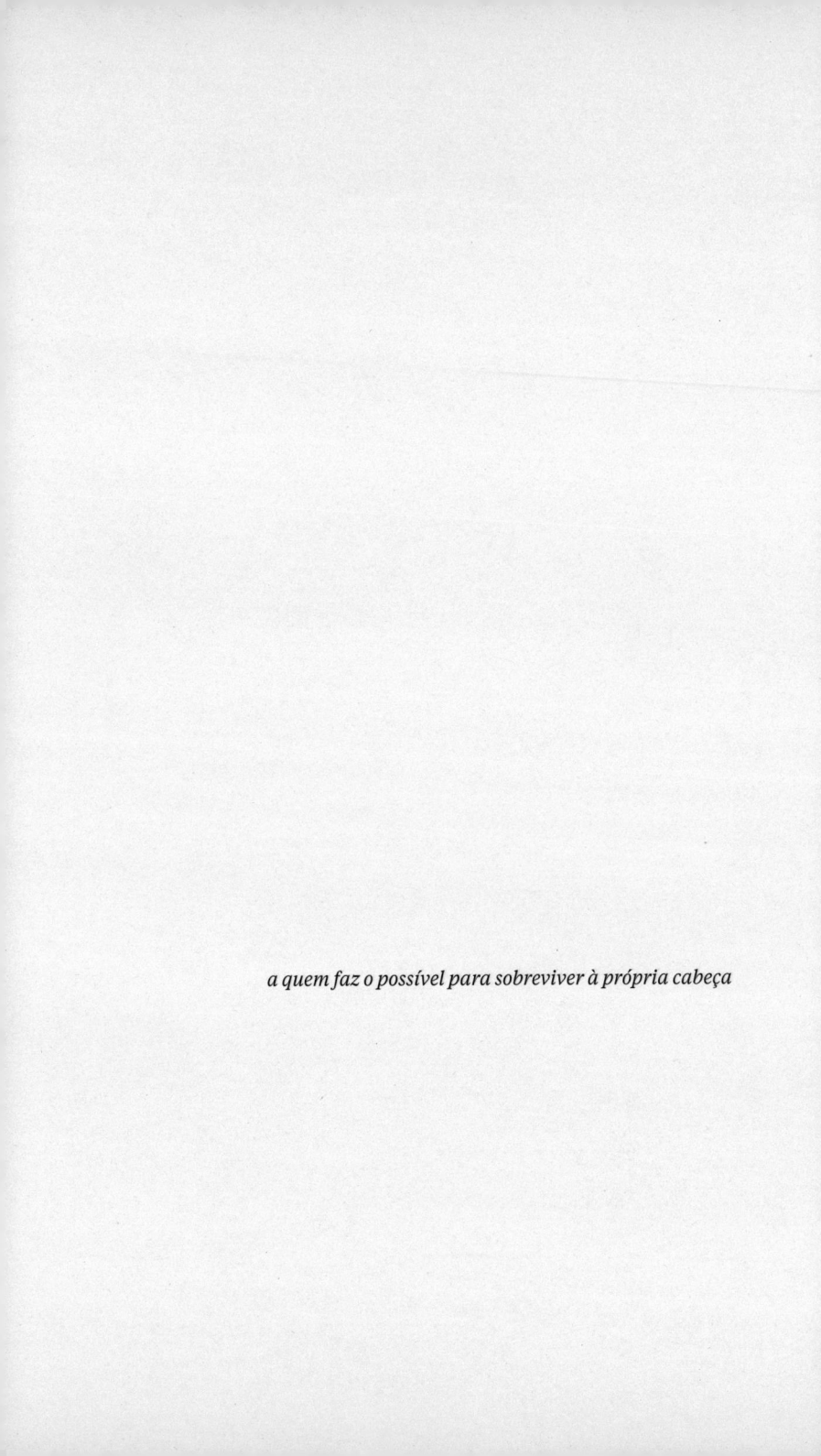

a quem faz o possível para sobreviver à própria cabeça

Conheço uma louca que pensa que sou eu.
Assionara Souza

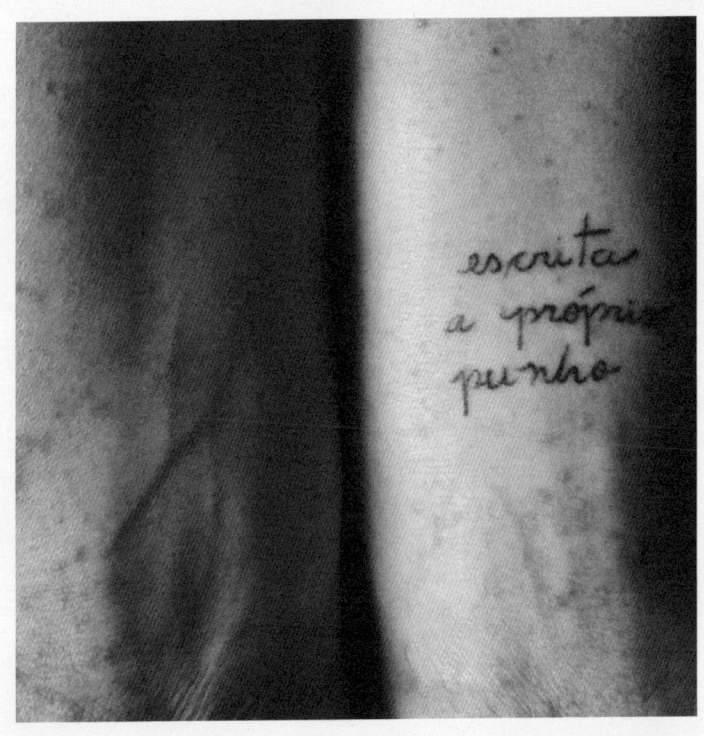

A próprio punho e a praticar impertinência, essa escrita atira pedra e os manequins se debatem pensando palavras que se quebram, pensando danças que não podem. E, entre cegonhas desacreditadas e jornadas de heróis sedentários, nada se confunde, já que é encorpado o vestuário e se prega uma peça que nos pergunta: Consegue-se fazer sim com a cabeça? Porque são rítmicas — na intensa liberdade dos sem-trena — as palavras-atrizes tabulando sapatos molhados e a natureza dá as caras e as caveiras são inteligíveis nos quadros e aqui as palavras se aprontam: são urgência, é sem anestesia, é flor de asfalto e estar prestes.

Saber o que se avizinha nesse ser de onde se está. Sobre experiências e um não parar nos adjetivos. Ir por aí. Venha por aqui fotografar saudades, sair do labirinto, fazer com que aconteça o espetáculo das plantas que não morrem porque aprenderam as coisas bonitas. Carroça à frente e bois, como se morde e como se trança. A foto revelada mostra a flor que pergunta. *Dobradiça* é haver quem esteja contando, é cadeia em luz em sombra em desatino, é crônica de viajar sozinho junto com olhos que respiram, é o corpo plástico de bruços sustentando espanto e franco momento de dar nome (anjo que diz), portanto: a isso se dá o nome de literatura.

— **Luci Collin**

sumário

Que *se* atire a primeira pedra, **15**

Somos todos passarinhos, **41**

Decálogo de quem não conseguiu escrever uma crônica, muito menos uma lista, **43**

Sobre imperativos, procrastinação e manuais — ou instruções para escrever instruções, **47**

11 dicas para cuidar do seu carro — ou o que um pequeno dicionário do automobilista encontrado num sebo e trazido pra casa num surto colecionista tem a nos ensinar sobre a vida e a preservação dos nossos bens materiais, sempre importantes, **53**

Escrever é, **59**

Um dia no mundo, **63**

Nem todas as flores são amarelas, **67**

O texto *prêt-à-porter*, **71**

A palavra também quebra, **75**

Palavras em férias, **77**

Todas as palavras, **79**

Notas sobre reconhecer um livro pelo verso, **81**

Lamber a própria língua, **85**

Cartografia da saudade, **89**

Aquele ano em que a gente aprende a contar, **91**

(A)LIVE, **95**

Interrupção, **99**

Tentativa de esgotamento de uma cidadã brasileira, **103**

Dançarinos elétricos, **109**

Uva verde, **115**

Nuvem, **117**

Prego, **118**

O derretimento das derrotas protocolares, **121**

Inspira-respira, **127**

Nunca acreditei em cegonhas, **131**

Não sou tuas musa, **139**

Foi a jornada do herói que nos trouxe até aqui, **149**

De sedentária convicta a atleta vacilona, **155**

Referências dos textos, **164**

Agradecimentos, **167**

Que *se* atire
a primeira pedra

AS PERSONAGENS

A ATRIZ, que é também a DIRETORA, a MAQUINISTA, a ASSISTENTE, a CONTRARREGRA, a PORTEIRA DO TEATRO e a AUTORA DO TEXTO [*mas é bom não confundir*]

OS COLEGAS DE TURMA, APRENDIZES DE TEATRO

O FIGURINO

O vestuário deve ser feito de tecido encorpado, mas que permita movimentos bruscos. Deve conter botões, não muitos, deve conter zíper, um é suficiente, deve conter elástico, onde for possível. Um corpo de escritora precisa de um envelopamento que permita trânsito. Uma roupa que também saiba falar.

O CENÁRIO

Se esta peça acontecesse onde as ideias supostamente nascem, seria necessário, ao menos, uma escrivaninha, uma cadeira de rodinhas almofadada e com ajuste para a lombar, um computador, um teclado, um mouse, uma caneta, um caderno de anotações — um, não, a quem queremos enganar? — e um sem-fim de livros. Pra compor o ambiente, sabe. Hoje é possível comprar livros por metro em sebos. Como não é o caso, porque sabemos que as ideias nascem mesmo em qualquer lugar, nos contentamos com umas almofadas e, quem sabe, alguns tapetes. Aqui faz frio e nossos atores passarão algum tempo sentados olhando uns para os outros.

A PEÇA

De dia, no palco de uma escola de teatro, mas fingindo que estão todos em um grupo de viciados anônimos, sentam todos em roda com o olhar direcionado para a atriz, que está nervosa. Não há ninguém sentado na plateia. A maquinista, por engano, acha que estão todos ensaiando e faz descer o pano na hora errada. Entre chaves e fendas, corre para as coxias. A atriz começa a proferir disparates mentalmente. Mas ninguém sabe disso, ela é discreta e finge estar confortável diante do público. Ela carrega placas do tamanho de folhas A4, mais conhecidas como CHAMEQUINHO, e gruda umas às outras com durex pra parecerem A3, com inscrições e possíveis comandos para sua plateia. Mas ninguém sabe disso ainda. Ela está prestes a começar.

ATRIZ [*respirando fundo*]: Posso tirar a máscara?

Os colegas fazem que sim com a cabeça. Toda história só existe por conta dos sins insistentes. Trocar o prefixo faz insistência virar desistência. Eles nem sonhavam que isso passava pela cabeça da atriz. Sim, ela é insuportável.

ATRIZ [*limpa os dentes discretamente, sorri com os olhos, encara brevemente cada um dos colegas girando a cabeça para visualizar todos e tira a máscara e vira suas placas para essa plateia ao mesmo tempo que fala*]: Meu nome é Julie, mas isso vocês já sabem. Eu tenho 35 anos e eu não sei exatamente o que me levou a ser o que eu sou hoje, mas estou feliz por não estar sozinha.

[*Ela esconde a angústia, mas é uma tentativa, o teatro está aí pra isso*] Por diversas vezes, eu jurei para mim e para o mundo que não começaria mais nada enquanto não terminasse tudo o que segue inacabado me assombrando.

[*Com máxima seriedade*] Aquele conto que comecei na faculdade em 2006. Aquele projeto que não terminei de escrever ano passado. A versão linear de *O jogo da amarelinha*. Os episódios de Avenida Brasil. Sim, eu sei. Pois é. [*Ela procura um olhar de cumplicidade entre os colegas*] E aquele pacote de balas que está na minha bolsa.

Isso é mentira, vocês sabem. A gente sempre termina um pacote de balas. [*Ninguém ri.*]

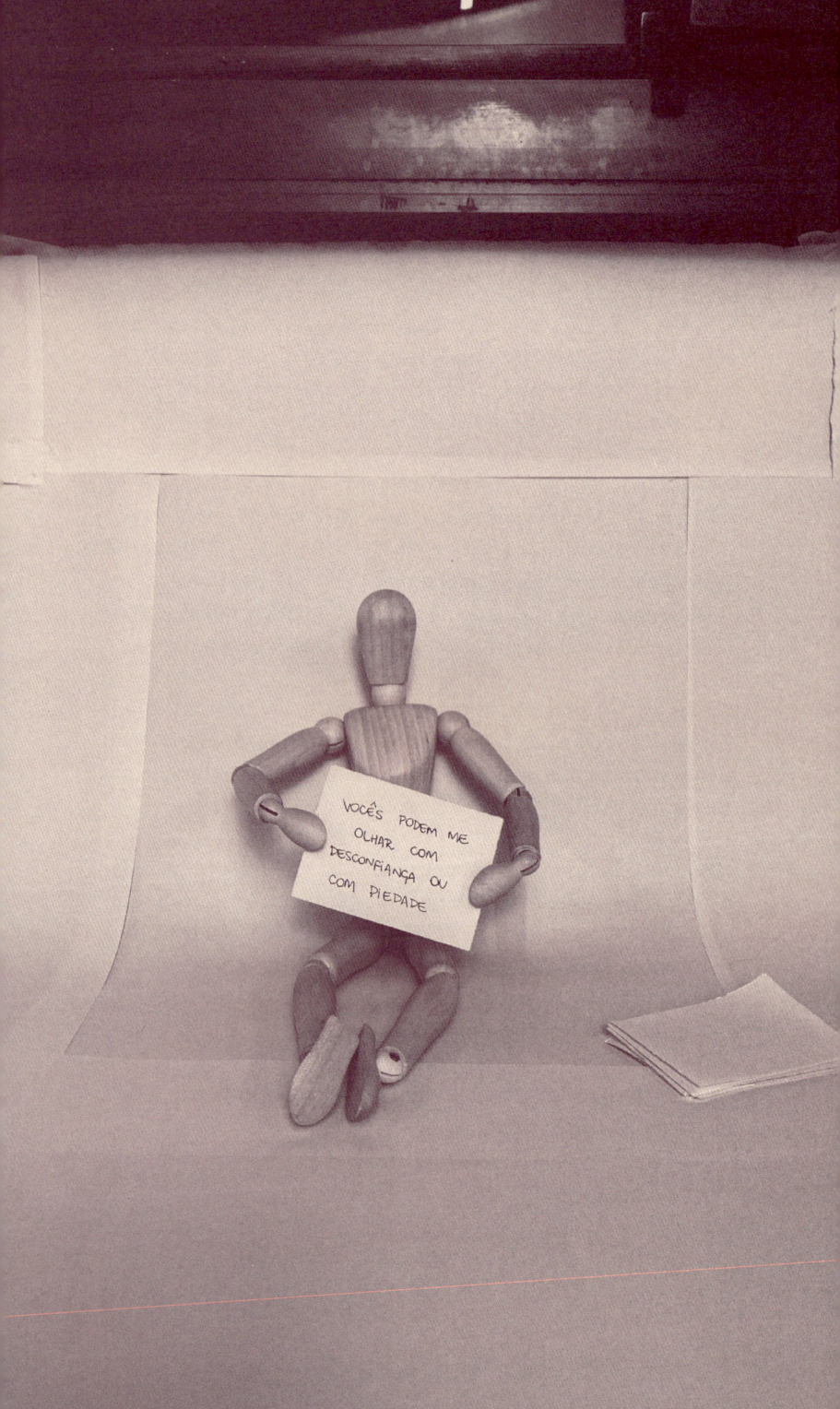

ATRIZ [*digna, mas sem soberba, ela procede à segunda placa, mas se atrapalha, obviamente, finge então que está tudo dentro do planejado e, como se tivesse um cigarro seguro entre os dedos, feito pantomima, deixa-o no cinzeiro imaginário para fingir que foi isso, o cigarro imaginário, que atrapalhou a passada de página. Para acompanhar, uma baforada arrogante, um arremedo de fumaça sai, o frio tem suas vantagens. Ela não fuma. Ninguém sabe disso*]: Depois do dia 13 de março, aquela fatídica sexta-feira treze de 2020, eu decidi que não ia deixar mais nada inacabado. [*Pausa dramática e necessária*], mas aí me pareceu anacrônico que eu, do lado que defendia a vida, não regasse sementes, ideias e expectativas. [*Outra respirada funda, fazia parte da cena fingir que não atropelava palavras*] Eu sabia que, se eu não tivesse novos sonhos, diante desse novo mundo, nada, nada permaneceria vivo aqui dentro. Eu tinha muito medo de morrer. [*Hesitante, porém convicta*] Vocês também, eu sei. [*Ela não sabia.*]

[*Porque não há mais alternativa, a atriz continua*] Minha natureza de começadora nata dava as caras.

[*É essa a hora que os colegas descobrem estar num grupo que, possivelmente, se chama ASSOCIAÇÃO DE COMEÇADORES ANÔNIMOS. Uns se identificam e finalmente riem, outros sabem: a atriz, que não é atriz e que na verdade é uma professora, está se valendo do fato de que é isso que faz — conduz grupos — e aí será mesmo que está atuando? Alguns diriam que não, é preciso sair do corpo para atuar bem, atuar como uma atriz de verdade, outros diriam que sim, não há melhor papel para ela. A atenção serpenteia, a tensão ensaia sua entrada, todos seguem, na medida do possível, acompanhando.*]

Dia após dia, abria uma página em branco e começava não uma, mas, pelo menos, três histórias. Eu tinha certeza de que tudo o que eu ainda não havia escrito não podia ficar à mercê do fim. [*Se prestarmos bem atenção, agora é a hora em que ela lembra que precisa empostar a voz*] Comecei, iniciei, inaugurei. [*Ela fala como se se achasse invencível*] Eu me achava invencível. [*Ela gosta da proximidade da palavra* promessa *com a palavra* promissora] Estava insuportavelmente viva. [*A essa altura, ela já sabia que ser promissor era melhor que ser invencível*] Me sentia sempre em dia de estreia. [*O diafragma está ativado, perceba*] E desviei, assim, do pessimismo com uma certa desenvoltura. [*Ela quase se convence.*]

Era sorte de principiante. Uma principiante obsessiva, mas sortuda. [*Diz, com excitação. A sorte excita, né?*]

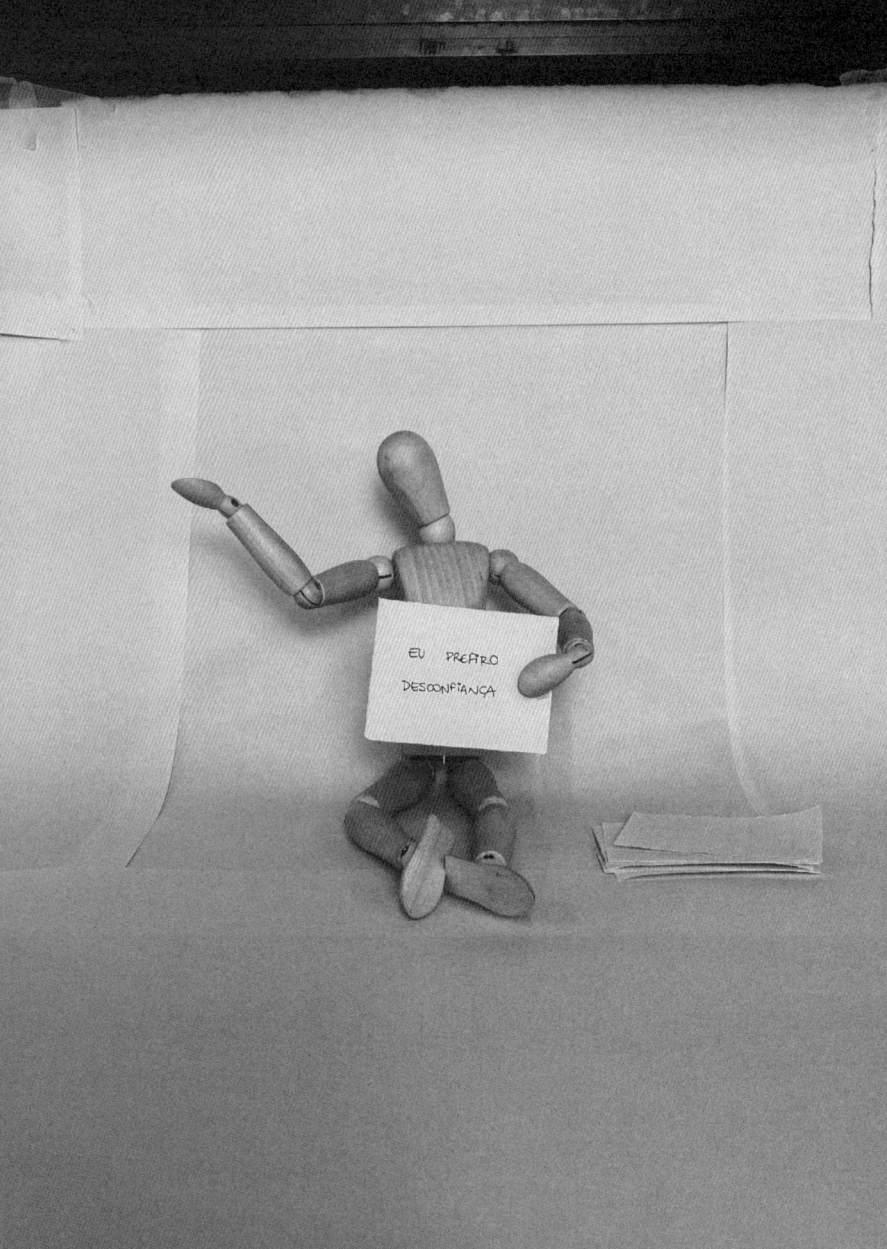

ATRIZ: Até que a vida deu seu jeito. [*Aqui, a atriz se sente esmagada pelo peso quase intolerável daquele momento em que morre alguém por perto pela primeira vez. O luto, ela agora sabe, é devastador.*]

Quando alguém morre, a gente entende a caveira nos quadros do Caravaggio, a importância de um epitáfio ou por quem, afinal, os sinos dobram. [*Falando em tom fúnebre, mas procurando alguma piada para descontrair. Ela não encontra nenhuma*] Abri uma página em branco e, não, ela nunca me deu medo e não consegui. Naquele dia, não comecei nada. [*Mais firme do que nunca*] Corda no relógio. Não fazer do desatino um inquilino, eu repetia feito cuco. [*Não foi capaz de imitar um cuco ainda que soubesse exatamente que barulho ele fazia*] O silêncio é esse lugar em que nenhuma palavra se atreve a. [*A vida está pouco se lixando para advérbios e tempos verbais*] Segui guardando uma boa dose de espanto para as coisas bonitas, mas que bagunça. [*Ela bufa.*]

[*Ela busca na memória a imagem do cartão da maternidade: tomara que a Julie não seja nem uma vara de cutucar estrelas nem uma pintora de rodapé, fazendo menção ao pai de mais de 1,90 e à mãe de 1,50. Como se perdida num bate-papo consigo mesma, olha para os pés, olha para cima, estica os braços para ver até onde alcança, olha para o chão e volta a se concentrar. Lembrou-se das raízes aéreas das orquídeas, que serpenteiam para se fincar onde dê pé, onde dê pra respirar, a direção é o céu, um céu que vez ou outra aceita um pincel.*]

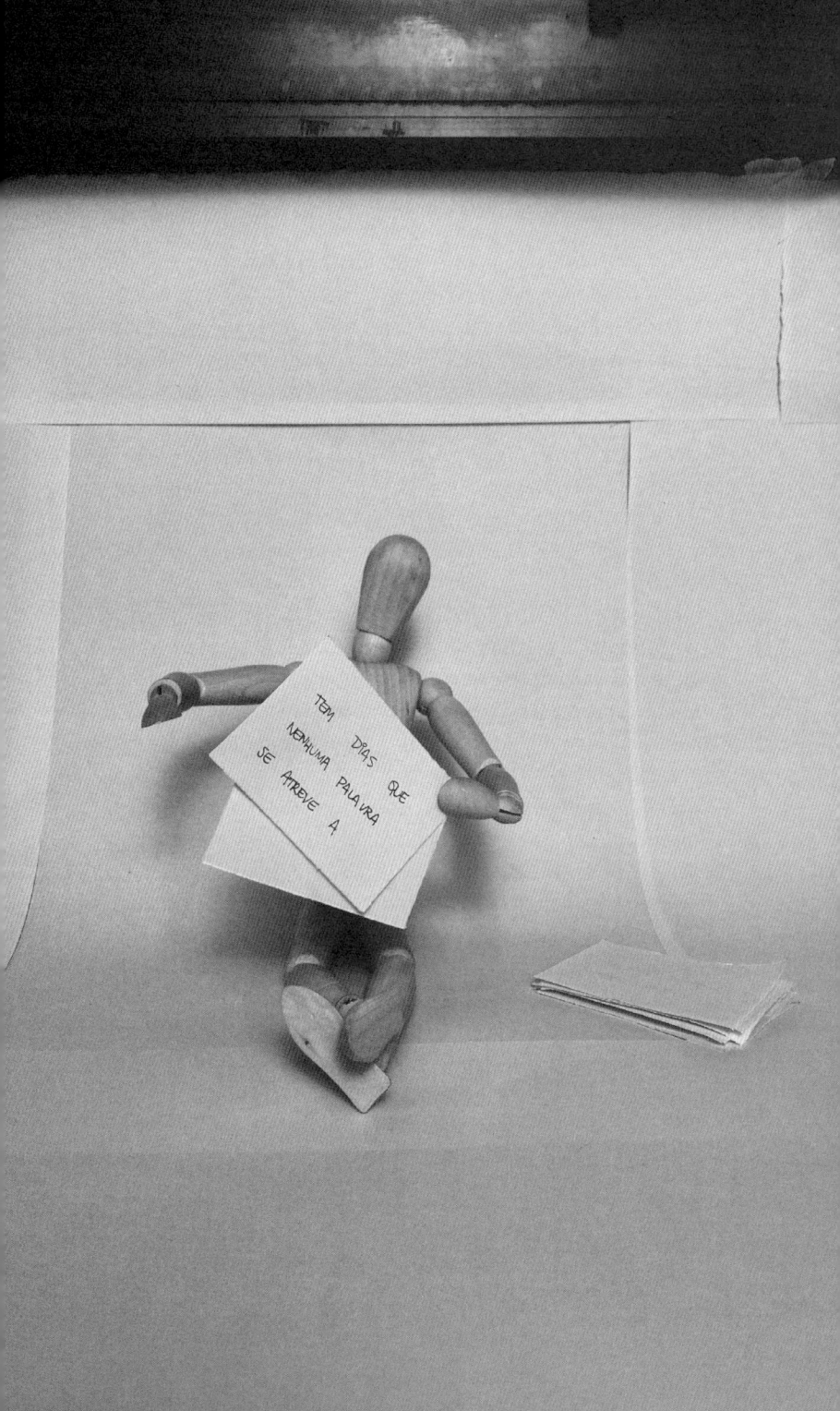

ATRIZ [*performar a sanidade é o mais importante agora, ela pensa. Mas não fala sobre loucura. O assunto não é esse e ela é fiel à pauta*]: Resolvi, então, encerrar todos aqueles parágrafos inconvenientes que me olhavam de esguelha toda vez que eu abria um caderno. [*Eram dezenas e ela ainda cantarolava uni--duni-tê toda vez que ia resgatar um deles da estante abarrotada*] Consegui, então [*depois de quase uma década, isso ela esconde*], reunir todos os começos num só arquivo, uma pasta escondida, envergonhada no fundo de um HD externo. Quase coloquei senha. [*Besteira, ela esqueceria a própria senha e não teria pra quem perguntar.*]

[*Carregando alguns caderninhos imaginários*] O texto nosso de cada dia nos dai hoje, essa era a prece. Como se adiantasse. Deus pode até escrever certo por linhas tortas, mas não é escritor. E deus lá vai ser meu narrador onisciente? [*Ela sabia que falar de deus, a essa altura, suscitaria grandes questões gramaticais: esse deus do qual ela fala se escreve com letra maiúscula ou com letra minúscula? Ela o colocou no começo da frase para não precisar colocar isso em pauta? — na rubrica, você já deve ter percebido, não respeitamos a pauta. É o deus cristão ou é um deus antecedido por um artigo indefinido? Se for um deus antecedido por artigo indefinido, é um deus grego; se for um deus grego, é uma referência a um mortal que parece um deus grego ou um deus grego que faz de tudo para ser mortal? Mas que diabo é uma ótima interjeição para terminar essa sequência de perguntas completamente desnecessárias*] Eu odeio pontos de interrogação. [*Ela até que nutre uma certa simpatia pelos sinais de pontuação, seu problema é mesmo com as perguntas.*]

Quando me dei conta de que fazia 2 anos, 9 meses, 5 dias e 3 doses de vacina que eu não terminava nada, vi que era grave. As cicatrizes das pendências começavam a aparecer. [*Ela sabia que era grave muito antes, mas tudo bem, tudo pela cena. Falava inquieta*] Eu não estava mais começando muitas coisas também. [*Nenhuma maiúscula fanfarrona queria performar a capitular, se vestir rococó*] Tudo meio nublado. [*Antes, usaria a palavra* tempestádico] O mundo prestes a voltar e eu prestes a ter um treco. A tempestade estava em mim. [*Como encenar um nó na garganta, era o que ela se perguntava*] Eu acho que a autopiedade foi o que me impediu de ver a realidade crua, sabem? [*Segredava, enfim, na frase seguinte, o que ouviu uma vez de uma psiquiatra, mas jamais admitiria que seu cérebro, pelo qual se orgulhava de malhar todo dia, havia pifado*] A desconfiança é nossa melhor amiga. A ansiedade também. [*Petulante, quase imprudente*] Nenhum projetinho, nenhuma ideiazinha. [*Cochicha*] Nada. [*Cochicha mais intensamente. Cochichar mais intensamente é falar ainda mais baixo ou para se fazer ouvir melhor, se perguntava*] Eis que comecei a reparar. [*Levanta a voz como se dissesse* que rufem os tambores] O dia, insuportavelmente assíduo, começava sempre. [*Agora, era como se dissesse, que toquem as trombetas*] Dia sim, dia também, a vida era esse reloginho. Ô, clichê. [*Com voz de constatação*] Percebi que estava em abstinência. [*Diz com uma angústia digna de nota por parte dos mais atentos, mas nessa hora não é a atriz que performa. E ela se pergunta como fazer isso.*]

Em vez de dar logo o tiro de misericórdia naqueles textos todos, pôr a pá de cal, o maldito ponto final, lá fui eu. [*Fala aborrecida*] Era segunda-feira e era dia primeiro. [*Ela contornava a desesperança com coincidências forçadas*] Cometi outra ideia e não consegui desperdiçá-la. [*Ela fica ainda mais triste ao se preparar para falar a próxima frase*] Elas sempre se aproveitaram da minha hospitalidade com elas.

Foi então que veio a crise. Reafirmar minha capacidade de criar era urgente. [*Apontando para os cadernos e o celular com um tom de resmungo*] Cheguei a escrever doze ideias e meia num dia, orgulhosamente enfileiradas no bloco de notas. [*Indignada como se estivesse diante de um gerente de banco*] Como eu era capaz! [*Ensaiando o choro*] Eu tinha ideias!!!!!!!!!!!!!!!! [*O choro não sai*] Grandes ideias!!!!!!!!!!!!!!!!!! [*Ela pega o colírio na bolsa e pinga, disfarçadamente, mas sabe que todo mundo vê, mas tem em mente que esta é uma cena de tragédia. A atriz não consegue chorar*] Dignas desses pontos de exclamação todos e prontinhas para ocuparem meu altar. [*Mantém a mão esquerda parada posicionada acima do seu olhar e, como se desenrolasse um papel higiênico e emoldurasse com os braços uma grande coisa, desliza imaginariamente a mão direita para a direita, abrindo um altar imaginário diante de seus olhos orgulhosos*] Um altar onde todas as ideias resistiam invictas. Eu já disse isso? [*Pergunta a si mesma com um vinco no meio da testa de quem ainda não fez botox. Nem o preventivo.*]

O bichinho foi picado e, findada a anestesia do caos, comecei tudo de novo. [*Ela começa a falar mais rápido, afobadamente, o texto está quase chegando ao fim e ela quer dar velocidade. Cogita levantar da sua posição e andar pelo círculo formado pelos colegas. Desiste*] Eu não era capaz de começar "socialmente" e não conseguiria parar quando desse na telha. [*Volta para a posição inicial e encara cada um dos colegas nos olhos novamente, como uma viciada que interpreta uma viciada*] Era difícil até usar a palavra *acabamento*. Acabamento [*Repete pausadamente como se ouvisse a palavra pela primeira vez*] Me esparramava feito cócegas e, não, não coloquei o ponto final, minha coleção de começos não merecia esse fim. [*Fala ofendida*] Trágico. Ou cômico, dependendo de quantos remédios você usa. No dia em que desse por encerrado um texto, eu me sentiria ridícula. [*Ela sente a língua amortecer só de falar em voz alta*] Terminar era admitir que o fim de tudo podia acabar sendo feito com minhas próprias mãos e, eu, logo eu, tão certa de que estava fazendo de tudo para que o mundo não acabasse, ia dar fim aos mundos que eu mesma tinha criado? [*Fala essa frase como se tivesse acabado de tomar um remédio para o fígado que não tem um gosto muito agradável exagerando nas expressões e cogitando levantar da sua almofada. Desiste de novo.*]

Isso soava insensato. [*Encerra fazendo que não com a cabeça. Puro disfarce.*]

[*A maquinista, de novo equivocadamente, abaixa o pano. Não há plateia, não há motivo algum para ela fazer isso, mas ela faz.*]

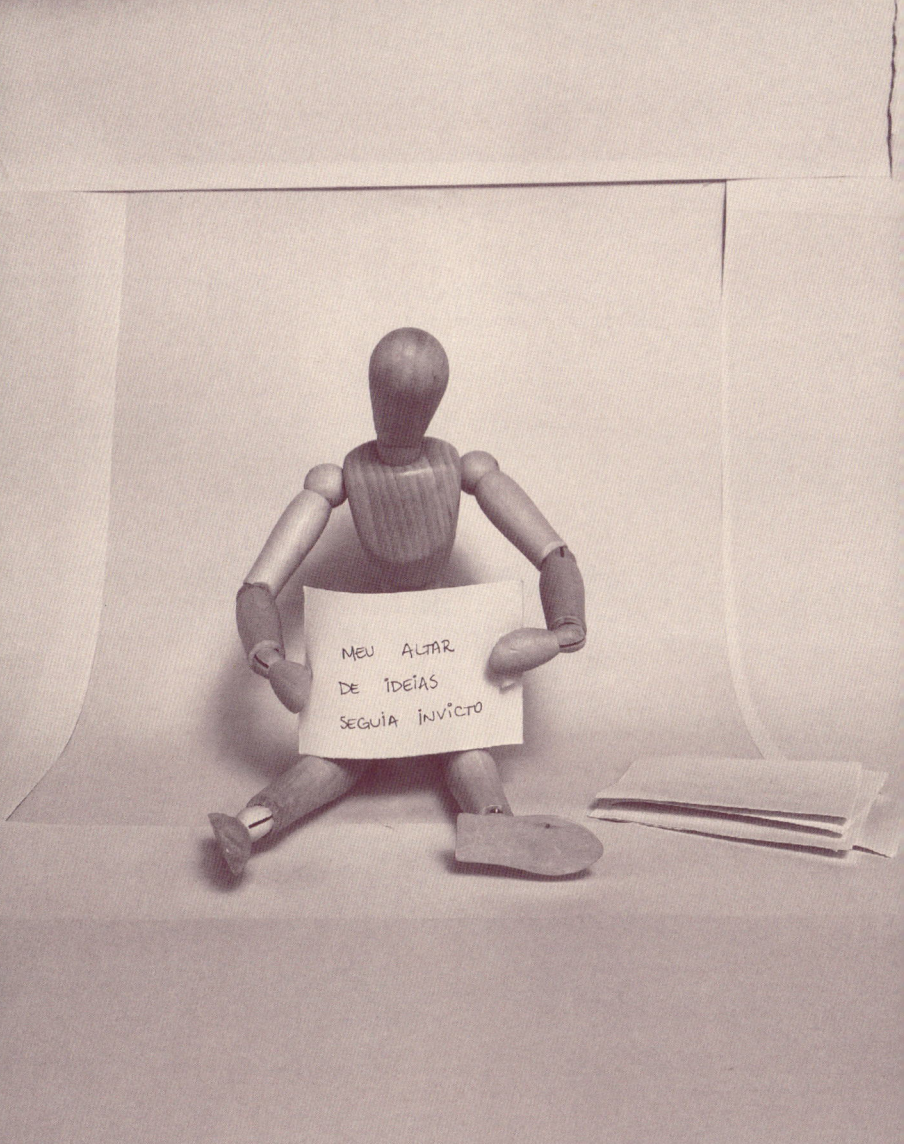

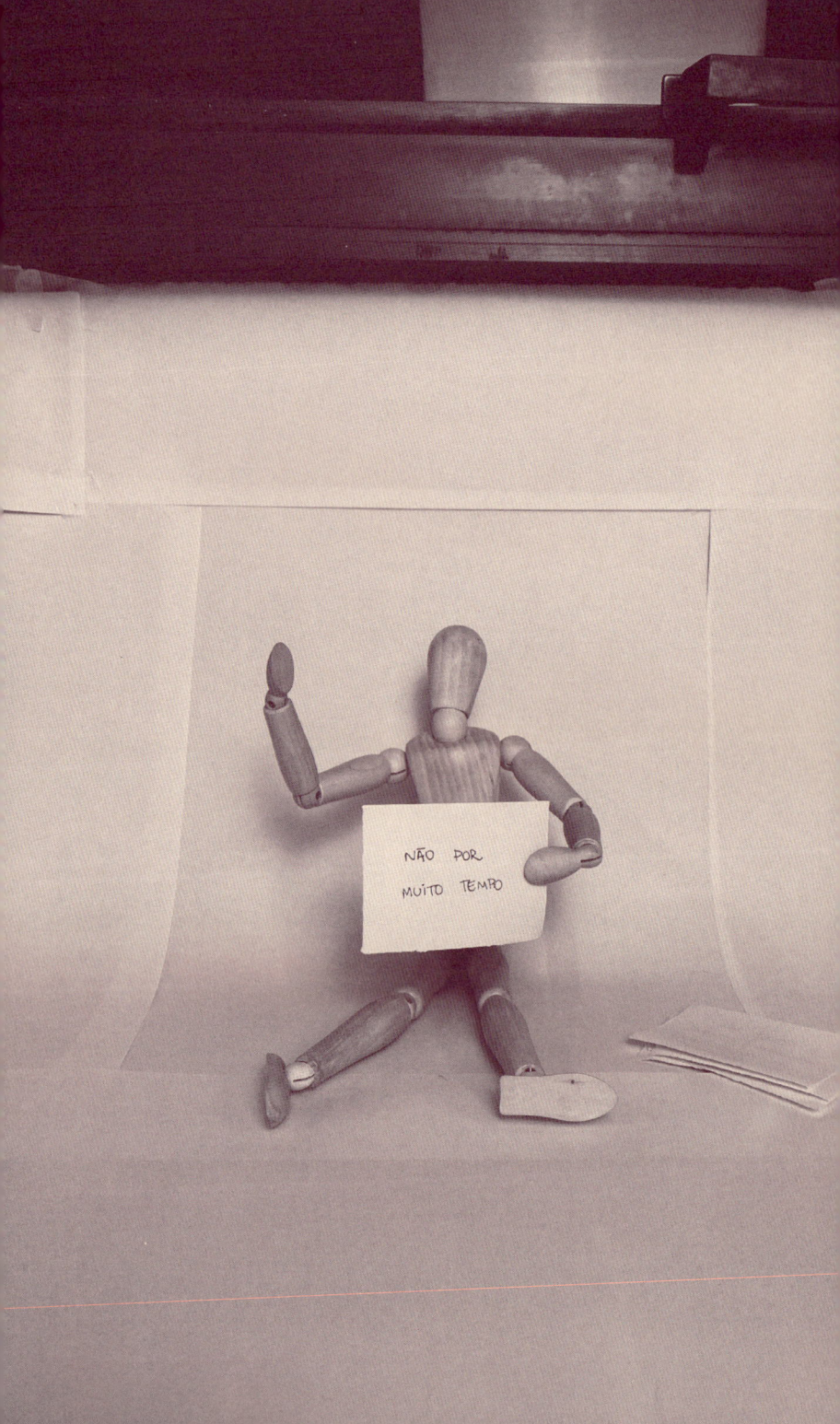

ATRIZ: Tudo era um confuso talvez. [*Olha ao redor e desata a falar*] As certezas nunca estão ali embaladas, prontas para pulverizarmos um pouco de álcool em gel e desembrulharmos o pacote com a solução. A vida não serve as respostas em *self-service*, já deveríamos saber. A vida não serve. [*Quando ela quer, ela consegue ser hiperbólica*] Se você olhasse bem no fundo dos meus olhos, veria que eu estava ótima. Jamais pensaria em cortar a própria orelha, por exemplo. Veria o meu grande apreço pela vida. Mas quanto pepino, viu? [*Ela finge que nunca tentou colocar a vida em ordem alfabética.*]

Às vezes, a gente sai de uma rua sem saída para um lugar onde é proibido estacionar, mesmo sem saber dirigir. [*Com infinita angústia, suspira*] Numa coreografia atrapalhada, a gente perde muita coisa. O rumo, a estribeira, o norte, o fio da meada e a voz. [*Num arremedo, sabe que, aqui, está cutucando uma casquinha*] A noção de tempo.

[*Um timer desobediente apita TRRRRRRRRRIIIIIIIIM*]
[*ela tira um tomate pomodoro de plástico do bolso e o desliga*]

ATRIZ: Eu achava que eu ia conseguir entabular o tempo. Não cumpri promessas, não pontuei em cartões-fidelidade e não aprendi a lidar com milhas. Como se tivesse tentado. [*Ela fala como se ostentasse nos ombros um anjo e um diabo*] As soluções nascem sob a encomenda das luas do dia, muito menos competente do que Buda, nem na lua vermelha, alcancei a verdade. A alquimia da pressa é diferente. [*Abaixa o tom de voz*] Somos a própria máquina enguiçada fazendo de tudo para responder ao comando para recálculo de rota. [*No fundo, ela não se importa.*]

Vocês ouvem? Tão ouvindo? [*Ela coloca a mão nos ouvidos como se espera que uma atriz coloque quando pergunta a seu público se eles ouvem o que ela ouve.*]

[*Passa o carro no sonho no fundo e sabemos que é um áudio tocado pela maquinista. Um áudio gravado com um celular bem vagabundo.*]
É o carro do sonho, freguesia, que está passando.
Sonho de nata. Goiabada...
É o sonho, freguesia.

ATRIZ [*ela fala como se tivesse certeza, plena certeza, certeza absoluta*]: O carro do sonho era meu *memento mori*, minha oportunidade de me render à mágica do tempo. [*Ela fala como se encarnasse uma escritora de autoajuda, concentradíssima, coisa que jamais faria, mas que sabe interpretar muito bem*] O sonho acaba se você não o alcançar. [*Ela sabe que é uma frase péssima, até para uma escritora de autoajuda*] E aí só semana que vem [*em tom fatalista*], se você der sorte. [*Em tom ainda mais fatalista.*]

Eu ia finalmente dar fim à tentação irrefreável de anotar só mais uma ideiazinha para a qual nunca mais vou olhar [*fala convencida de que foi isso mesmo que aconteceu*]. Ou de fazer como vocês, que guardaram pelo menos umas três ideias no bolso enquanto ouviam este texto. [*Os colegas se assustam porque talvez essa seja uma das únicas intervenções em que a atriz lembra que está num grupo de apoio e que há outras pessoas ali*] Eu vi. [*Os colegas admitem com os olhos e com o constrangimento inevitável que, sim, também acolheram ideias que surgiram ali*] Não adianta esconder o caderninho. [*Que caderninho? Essa mulher enlouqueceu de vez*] Quando a gente tá prestes a ter uma ideia, a gente não repara, mas os outros, sim. [*A narradora não faz a menor ideia de pra onde este texto está indo, não era esse o combinado*] A gente faz aquela cara de que os problemas não existem. Aquela cara de quem, com uma piada sem graça, é capaz de rir pra trás. [*Quanto rancor nos olhos da atriz!!!!!!!!*] Uma cara de quem pode pagar pra alguém sujar as mãos por você e terminar o que você não acabou. [*De que cara ela está falando?*]

Naquele dia, eu consegui alcançar o carro de sonho. [*A cara era para ser de satisfação, mas é de cansaço*] Larguei tudo e desci correndo, de roupão e pantufa, atrapalhada como uma protagonista de um filme que tem uma protagonista atrapalhada, e alcancei o carro do sonho. [*A cara era para ser de ansiedade, mas é de terror*] O dono me olhou com condescendência e disse que tinha, mas que tinha acabado. [*A cara era pra ser de frustração, mas ela está segurando o riso*] O que é bem diferente de dizer que tem, mas que acabou. Vocês sabem. [*Todo mundo sabia*] Antes de quase ser atropelada, pisei numa flor nascendo no meio do asfalto, insistente, teimosa. Jamais seria atropelada, mas corria sempre o risco de estar na contramão.

Diante da impossibilidade de pegar um sonho com a mão, eu cedi. Não tinha mais jeito.
[*A contrarregra ri. Só ela.*]

[*A maquinista se pergunta se é agora que devem descer os panos.*]

ATRIZ: Um minuto de silêncio pela ideia que eu acabei de matar. [*Ela quer bater palmas para sinalizar o tempo, sente que é demais, talvez exagero, mas resolve dar uma deixa para ver se o público, seus colegas, todos mais experientes que ela quando o assunto é cena, contam mesmo os 60 segundos. Se sim, terão percebido a ironia, se não, precisará improvisar. Talvez não esteja sendo convincente. Vai descobrir em breve*] Sim, eu não escrevi um texto sobre isso. Eu não cheguei em casa e desatei a escrever sobre o carro do sonho. [*Ela ainda não sabe, mas ainda vai escrever sobre isso.*]

Seria previsível, mas eu resisti. Abri mão de todas as notas de rodapé. [*Dá uma olhada no relógio e olha de volta para o público. A gente sabe que ela espera aplausos.*]

Minha sorte de principiante, se tudo desse certo, estava prestes a acabar. Mas eu ainda não sabia. [*A essa altura, ela já sabia, mas se pergunta se é o momento de colocar de novo a máscara e se preparar pra sair. Decide que ainda não.*]

O carro do sonho me salvou de começar mais um texto. [*Ela sabe que é possível que achem que essa é mesmo a grande metáfora do texto, o fio condutor simbólico que pretende ensinar algo ao final, mas não, essa não é a intenção de quem escreve esse texto, e a atriz, que é também a diretora da peça, não quer, de jeito nenhum, que a peça tenha esse tom moralizante, mas não há mais como fugir disso.*]

[*Ela para por alguns segundos e anota uma ideia que, finge, teve naquele momento. Mas aquilo não era um início e ela deixa claro na cena que tudo não passava de um garrancho, uma garatuja, uma rasura.*]

ATRIZ: Estava óbvio, mas não era evidente. [*O tom é solene, a voz vai ficando mais grave como se dissesse que está quase chegando ao fim do texto*] Todo esse tempo aqui dentro e os textos ainda inacabados. [*Ela faz o gesto de giro de um caleidoscópio imaginário. Sim, a imagem dos cacos está quase falida, mas ainda é útil aqui*] Eu que sempre fui feita de véspera. [*Com voz de desenlace*] A palavra se arrasta. Um texto nunca basta. [*Ela observa para saber se estão os colegas felizes por conta da rima, achou que era isso, no fim, o que esperavam dela, mas eles estão felizes porque ela finalmente terminou o texto, isso, sim.*]

E eu jamais diria isso num alto-falante. [*Diria, sim. A quem ela quer enganar?*]

Na última vez que vi uma bandeira dizendo *perigo*, me perguntei se era um alerta ou um chamado. [*Ela resiste à hipérbole, não quer se render à pirotecnia dos fins anunciados, mas está em dúvida se faz ou não o gesto de reverência à plateia.*]

Minhas fendas, minhas frestas, minhas falhas, todas brechas para serem preenchidas com palavras. Um abismo é aquela cavidade íngreme cujo fim a gente não vê. [*Cogita pegar uma folha de papel em branco e inventar mais uma inscrição anti- -ilusionista, mas não.*]

O FIM NÃO É UM BECO SEM SAÍDA

ALTAR DEUS POR MUITO TEMPO

VOCÊS PODEM ME OUVIR COM

EU PREFIRO DESCONFIANÇA

ESTOU TERMINANDO

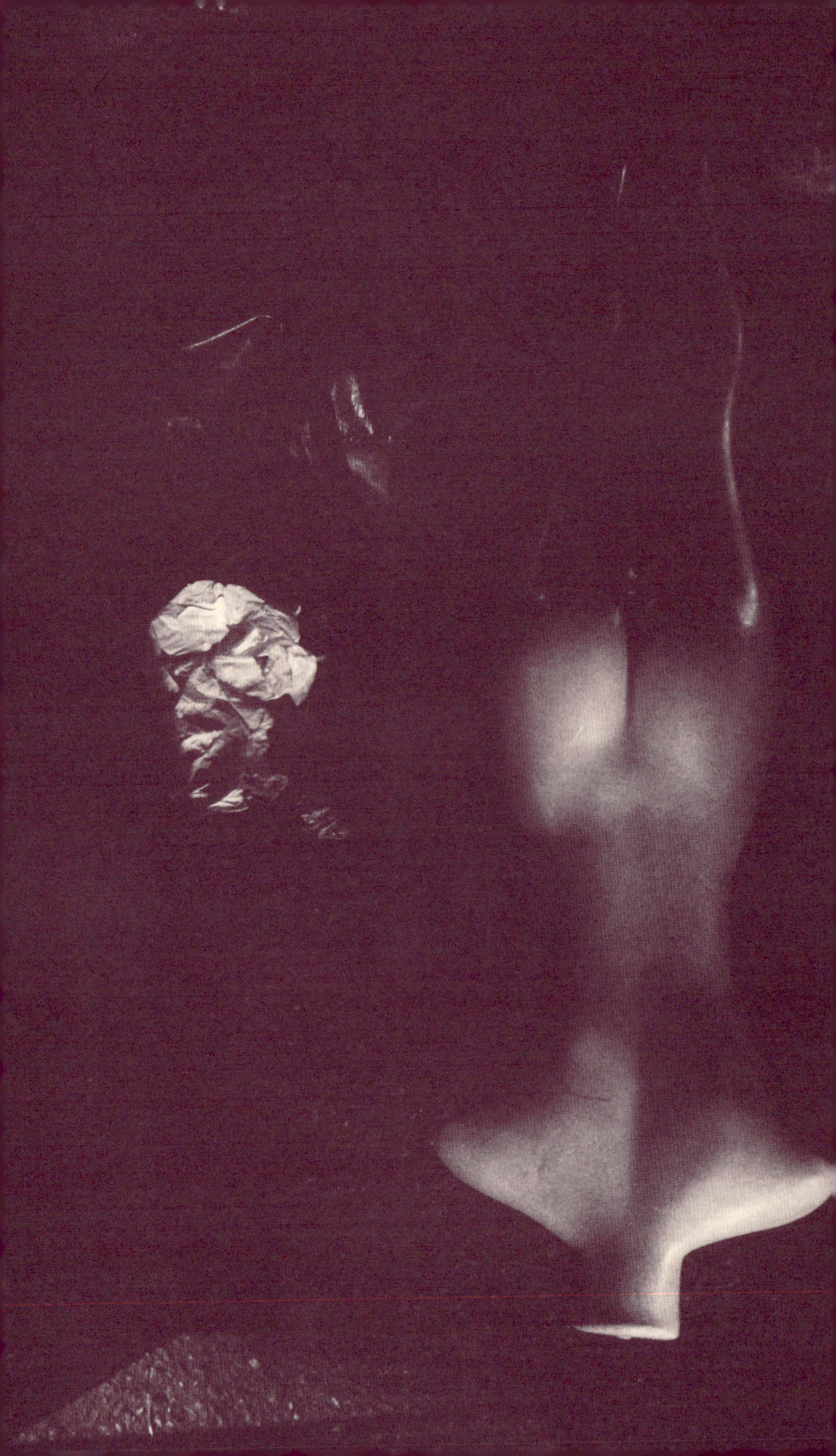

Somos todos passarinhos presos em supermercados.

Decálogo de quem não conseguiu escrever uma crônica, muito menos uma lista

1. A idade pode ser um banho de água gelada. Mas também pode ser enciclopédica. E nem precisa ser regada a autoajuda e outros arrependimentos. É só saber exatamente o que se avizinha antes de se preocupar com a quantidade de velas no bolo. Falo isso tomando um chazinho de maçã e gengibre porque fiquei sem voz de novo. **Comer mais maçã, anoto mentalmente.**

2. Esses dias recebi uma carta. Fiquei com vontade de responder à carta, porque um dia a gente já usou ampulhetas, mas ainda não tive tempo. Não sei nada sobre administração do tempo. **Mandar mais cartas, escrevo como segundo item. Como ter mais tempo, digito no Google.**

3. Papéis, livros e rascunhos. Aquela pilha me espreita sem vergonha na cara quase como se me desafiasse a ser tão organizada com isso quanto sou com... não, não sou muito organizada com nada, acho. Aceita que dói menos. **Dar ordem aos papéis que sobraram, organizar finalmente os livros, catalogar a biblioteca, metas prioritárias.**

4. Uma vez me disseram que a gente é de onde a gente vem por último. Vez ou outra economizo o verbo e falo que sou de Curitiba, cidade-origem da ponte aérea, rodoviária ou afetiva, que faz a gente chegar nesse assunto. A gente nunca tem tempo. De parar e olhar o caminho que a gente fez para chegar até aqui. **Ser de onde estou, mais uma nota.**

5. Os ruídos da praça de alimentação me incomodam. Poderia fazer minha comida em casa, ter a geladeira sempre organizada, louças em dia e viver em paz com a balança, ter uma horta e um lixo bem bonitinho todo trabalhado na compostagem. **Seguir o silêncio, idealizo. Aprender a cozinhar, priorizo.**

6. Organizo a estante e lá está a minha coleção de guias de viagem intacta. Egito, Cuba e Marrocos, só um manuseado exaustivamente. Abro um site de passagens aéreas e começo a cruzar com o meu calendário. **Viajar mais, repito, como um mantra.**

7. Fui a um sebo comprar uma enciclopédia para uma instalação que estou planejando. Pedi ao atendente as letras M e C pra conferir se elas estavam em bom estado. Ele ficou me olhando com aquela cara de brócolis e continuou impassível, esperando um comando de ação mais claro até me confessar que nunca tinha aberto uma enciclopédia na vida. **Preservar a memória das coisas, mas não ser uma acumuladora,** *checked*.

8. O mundo parece tão seguro atrás de planilhas, listas e cartomantes. Nós, seres humanos, curtimos uma certeza. Exceto pelo fato de que *shit happens* e, normalmente, para acabar com um planejamento que durou meses. **Começar a planejar o próximo ano, mas nem tanto. Planejar o próximo mês, finalizo. Saber que, em algum momento, Murphy aparece.**

9. Abro o armário para escolher a roupa do dia e tento entender por que ainda guardo aquele bolero trazido de Buenos Aires e um vestido comprado num brechó do centro que ainda não passou pela faca da costureira. **Levar roupas na costureira, fazer aquela limpa no armário, metas para quando sobrar tempo. Procuro armário-cápsula na internet. Não deve ser tão difícil.**

10. Escrever, por mais que seja meu ofício, ainda não entrou completamente na rotina. Separo as manhãs pra isso, mas separo também para organizar a casa, ir ao banco, lavar a roupa, ir ao sapateiro e dar um jeito em tudo o que ficou pra trás. **Escrever mais, cochicho pra mim mesma.**

Ter um filho, plantar uma árvore, escrever um livro (pelo menos um da lista). E tirar um ano sabático. São quatro naipes de um mesmo baralho, mas ainda não aprendemos a jogar Paciência Spider nível difícil. Se eu priorizar aquela coluna quase completa de copas, possivelmente eu tranque a sequência de ouros que era a próxima da fila. **Jogar menos Paciência Spider, pra ontem.** Assim, quem sabe, eu consiga colocar em prática o resto da lista e entregar a próxima crônica no prazo. Ou não.

Sobre imperativos, procrastinação e manuais — ou instruções para escrever instruções

Ouço diariamente no muro das lamentações da escrita um tanto de desculpas para quem não consegue escrever, ainda que uma merda, ainda que um *Frankenstein* textual — e incluo-me aqui como um proficiente exemplo disso. Vejam com seus próprios olhos:

3/10/2016 16:12
Editor
oi, Julie, tudo bem? recebi teu e-mail, respondo ainda hoje. mando essa mensagem aqui por outro motivo. estou tentando fechar a edição desse mês da revista. quer estrelar a coluna de literatura com um texto?

3/10/2016 16:13
Escritora
Oi, Vinicius. Tudo bem? Ah, legal. Claro, claro. Qual é o meu prazo? Beijo!

3/10/2016 16:16
Editor
Até, no máximo do máximo, dia 15. o tamanho é livre, mas gostamos de um mínimo de 4.000 caracteres – com espaço.

3/10/2016 17:10
Escritora
Perfeito!

Mea culpa feito, hoje é dia 6 de novembro e, depois de ignorar ferozmente todos os excedentes de prazo cedidos pela equipe editorial e apesar das chamadas de atenção do editor para a perda de credibilidade que o atraso do texto logo na primeira coluna geraria com os possíveis leitores [Vinicius chegou a enviar o protocolo de pedido de inserção da saudosa ferramenta de chamada de atenção do MSN para a plataforma *(já em análise)*], cá estou em processo de escrita com um óleo de peroba bem bonito em estoque para enviar o e-mail com a coluna sobre, tcharãm, escrita. E procrastinação, óbvio. Pensei em falar sobre alguns pontos:

1. **Sobre começos:** Este texto já estava começado há algum tempo e nada de evoluir porque emperrado. E emperrado porque 2016 — essa explicação basta, não? Curiosamente, a palavra *emperrado*, se trocarmos os erres por um zê, se transforma em *empezado* — a palavra em espanhol para *começado*. É também a dúvida de nove a cada dez alunos que se matriculam em cursos de gramática: empecilho ou *impecilho*? Ao contrário do que todo mundo pensa, não é só associar a pedra no meio do caminho a *impedir*. *Empecilho* vem de *empeçar*, ou seja, colocar uma peça como obstáculo. Também a mesma pronúncia de *empezar*: *começar*. Pois bem, *empecemos*.*

2. **Sobre experiências:** Na semana passada, estive com alunos de um projeto de fotografia para novas mídias para falar sobre texto e processos escritos. Para eles, era fácil pensar imagética, gestual e fotograficamente. Mas, daí para o texto, o caminho é um pouco tortuoso. Quando perguntei que adjetivos eles atribuiriam a seus projetos fotográficos, a previsibilidade tomou conta: *tocante*, *inquieto*, *instigante*, *minimalista*. É difícil se distanciar da própria produção e cada um ali dizia o que o seu projeto pretendia ser, mas ainda não necessariamente era. O primeiro exercício foi simples e associado a outro, não tanto. Além de terem trazido de casa

um objeto inusitado a meu pedido, cada aluno precisaria escolher um objeto mais próximo daquilo que costuma fotografar para caracterizar — e isso não teria nada a ver com o objeto. Um aluno que fotografa lugares abandonados e sujos, por exemplo, escolheu um bueiro. Que tipo de adjetivo um bueiro leva? Sujo, corroído, abandonado, ácido, escuro. Dizer que uma fotografia é escura, por exemplo, acontece. Agora falar que alguém é crocante ou quebradiço salta aos ouvidos. E funciona. Quando brincamos com o deslocamento semântico desses adjetivos, ficou mais claro o que cada um queria fazer e dizer com seus ensaios. Um buscava um trabalho *corroído*, outro, um trabalho *oceânico*, um terceiro, um trabalho *silencioso*. E não paramos nos adjetivos. Alguém sugeriu que sua fotografia era uma *conta de luz* — inconveniente e periódica. Outro buscava uma fotografia meio *rua sem saída*. E por aí foi.

3. **Sobre marca autoral:** A segunda etapa do processo, depois de outros exercícios e referências, foi analisar a marca autoral que cada um já havia imprimido nas fotos que faziam parte do projeto. Eram claras para eles, que já tinham passado por um processo rigoroso de seleção para estarem ali, suas preferências temáticas, suas habilidades técnicas e que aplicativo e funções deveriam usar para trazer uniformidade às suas séries. E, se isso estava claro, havia ali uma clareza de processo — ainda que não houvesse clareza sobre ter clareza sobre o processo, sabe? Bem, a ideia era que cada um elencasse dez passos para chegar às fotografias por meio de um manual de instruções técnico-poético deles para eles mesmos. Desde "fotografe saudades" até a angulação perfeita do posicionamento do celular, todo mundo chegou a um conjunto de dez passos para a produção de suas próprias fotografias. Algo como se-você-não-estiver-mais-aqui-ou--perder-a-memória-explique-como-fazer. A partir disso, eles mesmos recolheram seus objetos e executaram os passos determinados tendo o objeto como uma restrição *oulipiana*.

Teve até ensaio sensual com coelho de pelúcia. Foi ali que chegamos a algumas impressões sobre a marca autoral de cada um — ainda que as escolhas temáticas, por questões de restrição, tenham sido preteridas, poderíamos colocar todas as fotos em um varal sem necessidade de identificação e os colegas reconheceriam a quem pertenciam.

4. **Sobre [auto]manuais:** Por mais que se estabeleçam restrições de ferramenta, prazo e forma, a marca autoral permanece: a maneira como cada um sai do labirinto criado de si para si mesmo é única, pessoal e intransferível — e toda e qualquer oficina de criação artística, literária ou não, ainda que queira, não consegue adestrar, uniformizar ou padronizar. O papel de uma oficina de criação é propiciar um espaço de investigação de processos, do próprio processo, e fazer o escrevente entender um pouquinho de seu movimento de criação por meio de uma percepção orgânica de seu potencial criador e de suas limitações — e não o fazer chegar a um resultado mecânico. O resultado é sempre uma coreografia executada na hora, mas saber os passos criados para o momento em que a música toca ajuda a fazer o espetáculo acontecer. É *jazz* também. Só chega ao improviso quem domina a técnica, ainda que intuitivamente. Não há manual, nem regra, nem receita — e qualquer um pode escrever, assim como qualquer um pode *fazer arte*. Desde que esteja disposto a escrever seu próprio manual. E revisá-lo a cada projeto.

5. **Sobre fins que não se esquecem dos começos:** *Em espanhol, o imperativo de *começar*, na primeira pessoa do plural, leva cê em vez de zê na grafia. É uma das formas irregulares do idioma. Justamente essa. Me despeço aqui com essa próclise indevida de acordo com os manuais gramaticais porque tenho um texto para entregar dia 9. ~~Esses prazos estão meio conta de luz, vou negociar o vencimento para o dia 10.~~

6. **Sobre pequenas obsessões que impedem que a gente entregue um texto:** Sete é um bom número? Eu moro em andar ímpar, então... (?). ~~Que texto meio rua sem saída. Tomara que a revista aceite.~~

7. **Sobre referências:** Li hoje o livro *Grapefruit — o livro de instruções e desenhos da Yoko Ono*. Há algo sobre peças lá. Achei bonito, silencioso e oceânico. Por pouco, não acertou a data:

    Peça Vênus de Milo
    Distribua pequenos pedaços para as pessoas que vêm vê-la. Peça a elas para poli-los em casa. Diga-lhes para trazê-los de volta depois de cinquenta anos para armar a Vênus novamente.

    Primavera de 1964

8. **Sobre o próximo passo:** Se eu trocar algumas letras no Scrabble, eu consigo transformar a palavra *empeçar* em *encerrar*? Desafio aceito.

Nota mental: No próximo texto, comentar sobre *slogans* fictícios e plantas que não morrem. E jardineiras, talvez.

Nota mental[2]: Regar alguns textos quando chegar na escola. Amanhã é segunda-feira, eles vão precisar.

> # 11 dicas para cuidar do seu carro — ou o que um pequeno dicionário do automobilista encontrado num sebo e trazido pra casa num surto colecionista tem a nos ensinar sobre a vida e a preservação dos nossos bens materiais, sempre importantes

Odeio manuais. Em verdade, adoro manuais. Só gosto de lê-los como se eles guardassem instruções para outra coisa: não para o que vieram — quase como os milhões de brasileiros que, dizem, aderiram ao isolamento social. Tenho uma minicoleção de textos que me ensinaram coisas bonitas sobre coisas difíceis em uma absoluta negação de parte de sua vocação. Deles, conservei o manualismo e retirei o complemento nominal. Um manual de mágica da década de 70 virou um compêndio de conselhos para ser escritora. Um manual de máquina de lavar se transformou num decálogo *coach* sobre paciência — esse não publiquei, claro. Mas tá aí, caso algum *coach* esteja sem saber o que escrever no seu próximo *post*. Lembro-me de ter achado charmosa a capa verde deste. Como já sucumbi à minha completa inabilidade motora na direção, contentei-me em pinçar o que é mais importante deste texto para ajudar as pessoas que vivem na mesma cidade que eu e, percebo, têm mais cuidado com seus carros do que com a sua vida — ou com a dos outros, mais para evitar a despesa do que por efetivo zelo.

A quem possa interessar, não tenho carteira de habilitação e tampouco conservo alguma paixão por automóveis.

1. Na lama, há coisas mais importantes do que saber usar o freio. [numa pandemia, há coisas mais importantes que]

2. A velocidade que se quer imprimir ao veículo depende do estado de eficiência dos pneus. [por exemplo, um pedido de exoneração pode levar até dois dias úteis para ser protocolado, tenham paciência com o pessoal que cuida dos documentos.]

3. Em caso de incêndio, o ideal é agir o mais rapidamente, sem hesitação, e, se possível, chamar um corpo técnico: no caso, o corpo de bombeiros. [ou o ministro da saúde. ops, não tem. quer dizer, parece que tem, mas tá faltando.]

4. Rodas desbalanceadas danificam os pneus e causam forte vibração ao veículo. Essa falta de balanceamento, num pneu em movimento, causará uma desagradável sequência de golpes. Se isso ocorrer, a primeira coisa a fazer é balancear as rodas e realinhar a direção para que a roda não gire por si mesma. [quem com ferro de Atibaia fere, com ferro de Atibaia será ferido.]

5. Não fique em cima do pneu, nem mesmo debruçado, quando o estiver inflando. [quem está em cima do muro vai acabar rasgado pelo tempo.]

6. Um lema dos mecânicos: "O importante não é a quantidade de ar que se põe dentro do pneu, mas sim a quantidade de ar que permanece dentro dele". [se você está conseguindo respirar no Brasil, você é privilegiado, sim.]

7. A falta da tampinha da válvula é a principal causa da perda de ar. [eu ouvi máscara?]

8. É um errôneo conceito acreditar que a alta pressão compensará a sobrecarga, adicionando maior robustez ao pneu.

Na verdade, um pneu com alta pressão está enfraquecido, pois esta pressão é muito superior àquela para a qual ele foi projetado. Os cordonéis de um pneu com excesso de pressão, sua parte mais frágil, ficam superesticados, perdendo totalmente suas características de flexionamento que absorvem os choques, ficando assim mais vulneráveis a cortes, saliências e impactos. [ler este item ao som de "Xibom Bombom" (tradução indisponível), sucesso do grupo As Meninas, nos idos de 1999.]

9. Se o pneu estiver sob pressão, não efetue desnecessariamente viagens, nem mesmo as curtas. Com isso, você, além de tudo, economizará gasolina e poupará o motor. [assim na terra, como no céu, o que são umas 5 ou 7 mil mortes, né?]

10. Não existe substituto para programas regulares de inspeção. Os pneus devem ser calibrados de preferência diariamente, antes de serem utilizados. Essa é a melhor arma para combater as perdas inúteis. [uma vida é uma vida é uma vida é uma vida, mas depende.]

11. Os gases expelidos por todos os motores que usam combustível de petróleo contêm o gás monóxido de carbono, um tipo inodoro, insípido e incolor. Porém mortal. [tipo um governo que, ouvi falar, mata, minuto sim, minuto também, assim como o vírus. vírus, que vírus?]

[se você veio aqui procurando uma crônica, volte na próxima semana. a cronista sabe do risco de recorrer à inescapável tradução simultânea do Twitter e prometeu não copiar texto nenhum, tampouco criticar mais o governo. mas pode ser que mude de ideia. todo dia um nó diferente no estômago, pátria indigesta Brasil.]

Legenda para uma imagem em que o Senhor Walker cheira uma flor mesmo de máscara: *O automóvel nas mãos do homem comum já está tomando as margens da extinção. Na verdade, o homem comum é uma criatura de hábitos estranhos e peculiares. Tomemos o Senhor Walker como exemplo. O Senhor Walker mora num bairro tranquilo de pessoas decentes. Ele é o típico homem comum, considerado um bom cidadão e de inteligência razoável. É um homem gentil, pontual, amável e honesto. O Senhor Walker não machucaria uma mosca, tampouco uma formiga. Ele acredita em "viva e deixe viver".*

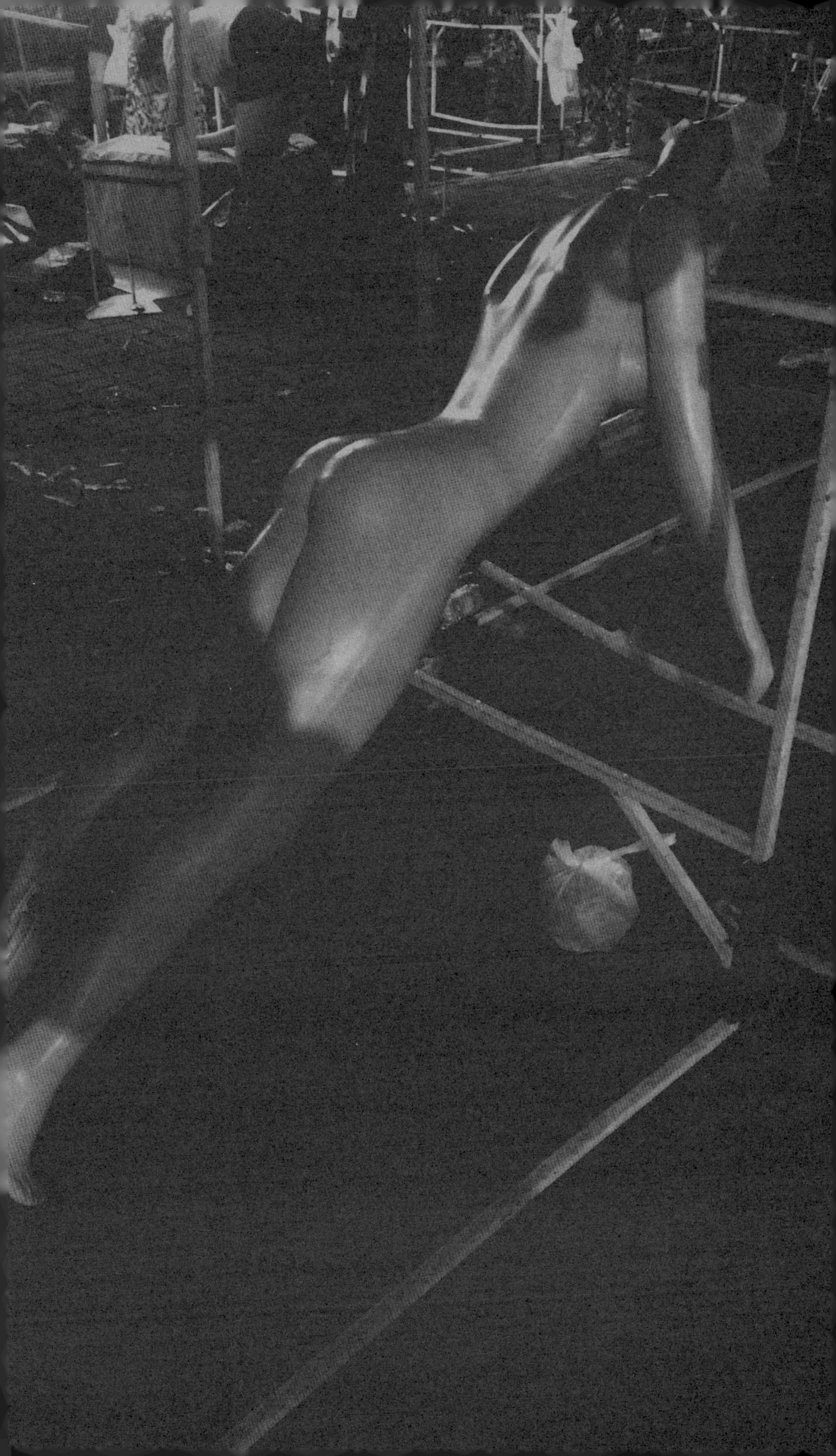

Escrever é

Escrever é matar uma tartaruga. Se você mata e corta a carne, ela ainda se mexe horas depois de morta. Fica ali, pulsando — no ritmo do seu remorso. A ciência dá a esse fenômeno o nome de reflexo medular. Eu dou a isso o nome de literatura. É isso que preenche a vida burocrática nos meus miniexílios semanais — uma rotina que me divide entre Curitiba e Porto Alegre por conta do doutorado e da escola. Viajando bastante, tenho mais encontros marcados comigo mesma e aproveito a solidão para lidar com esses espasmos da memória, da escrita e das coisas todas que pulsam aqui dentro. O problema tem sido não estar no meu espaço — o que me obriga a dispensar métodos e obedecer ao desconforto e à escrita que pula para fora, independentemente de tempo ou aparatos físicos. Dá um certo desespero às vezes, mas o próprio desconforto vira tema. Apesar de ser declaradamente analógica, as ferramentas digitais têm ajudado, o gravador e um ou outro aplicativo, particularmente — mas tenho sérios problemas com metas, e prazos, e organização dos papéis que ainda não passei a limpo — tenho caixas desde 2006. Escrever é péssimo pra quem gosta de gente. E tem uma versão de mim muito sociável. Escrever exige respiros solitários, e a vida não tem permitido muito — nos pequenos intervalos, escrevo. Burlo a ânsia desordenada de um fim de semana em que me desatino a escrever, por exemplo, parando de comer esta pizza que pedi um minuto exato antes de fecharem o *delivery*, mas não consigo parar de mastigar. É a pizza que vai ser meu café da manhã e meu almoço e minha janta num fim de semana com textos para tomar conta — uma espécie de plantão de texto. Como sempre. Escrevo em blocos apertados entre outros compromissos — e aí não paro para nada. Não paro. A pizza não é como a carne suculenta da tartaruga que ainda vai ser morta, mas dá para o gasto. Escrever é não parar de mastigar. Uma vez viajei sem ter onde anotar e faz cinco anos que essas memórias me perseguem e aparecem — sempre quando eu não posso com elas. Ecos. Escrever é repetição voluntária. Escrever é uma respiração sincera. As pessoas morrem quando param de respirar. Escrever é um revezamento constante entre a morte do outro e a matança de animais indefesos. Escrever é matar essa tartaruga gigante que, diria Augusto Monterroso, quando acordamos, ainda está ali. A carne é boa — você admite, depois de comer —, mas difícil de digerir. É a tartaruga, ela ainda estava se mexendo. Respirando, talvez — ou são espasmos. Servem no casco essa escrita indefesa. Quando a gente serve, é porque já paramos de respirar. Ter escrito, neste pretérito mais que perfeito, me faz feliz, o livro prontinho. Escrever, não necessariamente. Escrever faz a gente se humilhar pra frase, pedir arrego pro parágrafo e passar vexame de maneira prosódica, coisa pouca diante de um capítulo que desce redondo. As palavras trancam a garganta. Estejam prestes a sair ou não. Um texto também pode ir da gaveta para a aula de anatomia. Morremos um pouquinho a cada texto, todo mundo diz. Eu mastigo o texto depois de entregar.

Fico mastigando, mesmo já tendo matado. Deve ser o remorso, esse reflexo medular. É bem desconfortável. Se não fosse, seria outra coisa — não literatura.

Um dia no mundo

para Sissa Jacoby (*in memoriam*)

Um dia de viagem é sempre um dia de silêncios. Porque viajamos sozinhos, escolhemos dar ou não bom-dia, colocar ou não os fones de ouvido, fingir ou não que estamos dormindo. E porque esta não fazia parte das viagens automáticas, daquelas sempre no mesmo horário, sempre pelos mesmos motivos, religiosamente feitas uma vez por semana em um primeiro semestre de um ano que já foi embora, talvez tenha convidado a rotina para aparecer na lembrança e dizer que já participou dessa história — o que não significa previsibilidade. Ou significa. Ainda não entendi o que os silêncios querem dizer. E pode ser que eu até soubesse o que ia acontecer ontem, mas foi tudo diferente. Advirto, se é que esse não é um verbo defectivo, que isso tudo pode ser mera invenção. Mas sou advertida de que não podemos inventar aqui, é espaço e lugar para a descrição. Não ouça sua cabeça, preste atenção ao redor. Esses dias, uma professora, também escritora, também poeta, na sala ao lado, advertiu os alunos de que faria uma pergunta muito simples: O que é realidade? Minha cabeça quase explodiu. É mais um dia 27 de setembro e acordo às 4h da manhã. Mais uma mentira, a quem estou tentando enganar?, eu nem dormi com medo de não acordar e perder o voo e perder a aula e não conseguir encaixar o doutorado na agenda de novo. Me arrastei por um dia inteiro. Meu dia começou anteontem e está terminando neste texto, apesar de não ter efetivamente terminado porque sabe-deus se conseguirei executá-lo e é difícil essa coisa de descrição. E ativar a memória. A memória é um carimbo gasto. E a tinta acaba mais um pouquinho todo dia 27. Quem fui eu ontem que nem aqui está mais, a linguagem não dá conta de mapear isso e eu sequer me lembro daquela eu. Do que é linguagem. Do que é mapa. Existe um abismo entre o que a gente diz que fez e o que a gente efetivamente fez, e a ficção ocupa esse espaço, mesmo que a gente finja que não está nem aí pra ela. Tem um motor autobiográfico aqui em pleno funcionamento, eu sei, obrigada por lembrar. Tentei desligá-lo, mas nem precisa porque é para ser diário, então tudo bem, mas nosso silêncio não é mais importante que o silêncio dos outros, então para que problematizar o silêncio, é só sentar e escrever, e a minha cabeça está prestes a explodir, mas eu escolhi não dar ouvidos a ela. Só hoje.

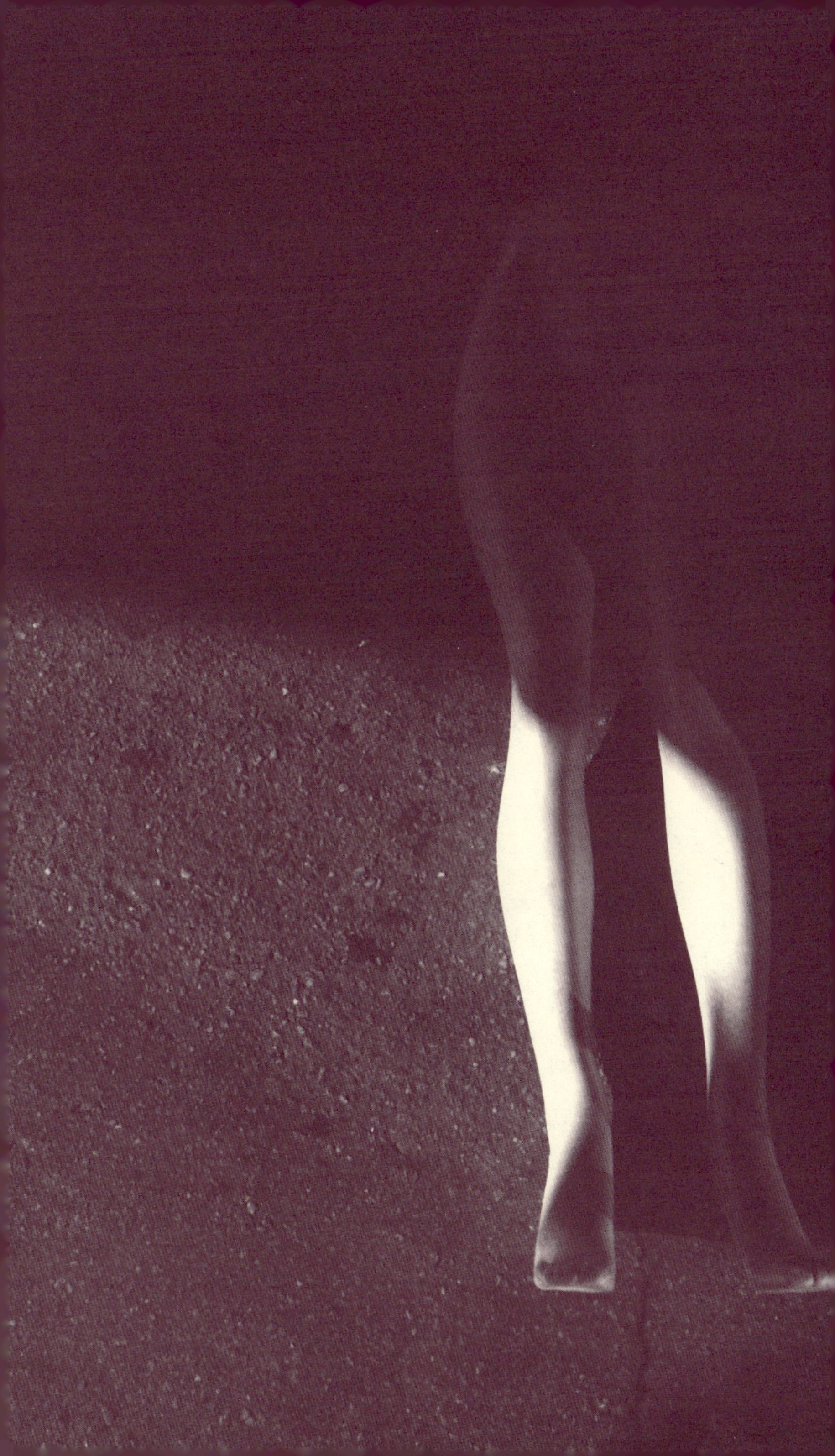

Nem todas as flores são amarelas

1. Quando a gente nasce, nenhum anjo diz nada.

2. *Para que tanta flor, meu deus, pergunta meu coração, porém meus olhos não perguntam nada.* Gosto tanto desse poema do Drummond que me permiti uma pequena modificação: em vez de um personagem ávido por pernas que passam no bonde que também passa, uma personagem passeia pelo mercado de flores. Ao seu lado, a senhora que trabalha há anos e tem dificuldades com bom-dias se esforça para o sorriso diário de boa vizinhança. A concorrência mora logo ali e deve ser cumprimentada diariamente, pensa ela, contrariando a essência fleumática e o espírito ermitão.

3. Na literatura, o melhor nome para repetição é insistência.

4. Encontrei minha antiga professora de piano na rodoviária da minha cidade nas férias. Um *como você cresceu e um como a gente tá velha, né?* e um olhar de cumplicidade pra minha mãe depois, e ela me pergunta se eu me lembro daquela música que tinha uma nota diferente no baixo na última estrofe. Era uma notinha na clave de fá depois de três estrofes gêmeas. Só uma. *Você não conseguia, Julie, pra você, naquela música, todas as notas eram iguais.* E como eu aprendi?, perguntei, ansiando saber ali o segredo para não bater mais a cabeça no poste. Eu recorri a Van Gogh, me explicou. *Sabe aquele quadro das flores amarelas? Um admirador qualquer ou um observador sem atenção percebe só as tonalidades de amarelo e de ocre, mas num cantinho, embaixo, tem uma flor violeta disfarçada*, ela me lembrou. A paleta de cores de Van Gogh não é tão previsível quanto outras, e um tom de violeta é capaz de salvar um quadro inteiro. *Depois disso, você entendeu e nunca mais errou.* Só na música, tia Gigi. Só na música.

5. Quando eu era criança e via os álbuns de fotografia dos meus tios, não entendia por que gastar dinheiro revelando fotos de flores. Muito tempo depois, soube que, para olhos que perguntam, nem todas as flores são amarelas. E que as folhas, de uma estação pra outra, não são mais as mesmas. Aí a graça.

6. Em 2013, numa viagem ao Marrocos, fiquei meia hora observando uma mulher sentada num banco de uma praça próxima a uma mesquita. Era só uma mulher sentada no banco em silêncio, com a cabeça abaixada no lugar escolhido pra ela, cochichava minha arrogância ocidental. Não sabia se ela dormia ou rezava, grande possibilidade de ser a primeira. As mãos cruzadas com os pés também cruzados embaixo do banco. Suspensos. Eu me perguntava por que ela não saía dali, do lugar do banco que está sempre com a garganta entalada. Nossos olhos não se encontraram, mas eu sabia que o silêncio era só um disfarce para uma cabeça que não parava de funcionar. Eu era aquela mulher em silêncio com a

garganta também entalada. Faríamos aqui um paralelo entre a garganta e o caule das plantas, essa haste que liga as raízes às folhas — as raízes, essa coisa que a gente não vê, o órgão de fixação do vegetal.

7. Um dos meus passatempos prediletos virou tirar fotos. De flores, de pessoas e de todas as notas diferentes na última estrofe de uma música. Um pouco antes de aquele ano acabar, comprei um dicionário de botânica e um livro do Oliver Sacks sobre uma excursão ao México com colecionadores de samambaias. Também desenvolvi uma fixação particular pela cor violeta e por mercados de flores — o léxico guardando sua indisfarçável correlação. Somos todos o nosso próprio poema de sete faces.

O texto *prêt-à-porter*

Nas janelas transparentes do Instagram, na vida íntima do WhatsApp ou no nosso inventário facebookiano, a demanda é sempre a mesma: que palavra usar hoje? Escrever nunca foi sobre etiqueta, mas a moda agora é escrever pelado. Assim, sem o sutiã estruturado a ferro que aperta nosso peito linguístico. Entre as maiúsculas imponentes de uma tecla *caps lock* ativada ou um TOP invencível vestido de Arial Black nos jantares de executivos, podemos usar qualquer coisa: memes, figurinhas de nós mesmos e emojis, nossos hieróglifos pós-modernos.

As palavras seguem desempregadas, procurando bicos em pronunciamentos imediatos no Twitter e aceitando qualquer emprego lexical. Não à toa, a palavra *verdade* visitou o psiquiatra semana passada com queixas de vazio existencial. Disse que tem aceitado até prefixos: nunca me imaginei usando boné, doutor, e sempre me orgulhei de ser uma das únicas palavras que não usam maquiagem — exceto em biografias, e olhe lá. Na agenda, a próxima visita era da palavra *eu*, exaurida, próxima de um *burnout*, um caco. Reclamou de sua pasteurização. Antes, alta-costura, agora, *fast-fashion*. Em cada arara, qualquer um pode escolher um eu de malha, um eu de linho, um eu *jeans* pra vestir hoje e descartar amanhã. Nunca fui tão *outro*, doutor, me orgulhava de poder ser uma das únicas que diziam tão pouco em duas peças.

As palavras, sempre tão atrizes, têm estado cansadas desses papéis pra ontem. Não dá nem tempo de ensaiar e já são requisitadas de novo. Não deveriam reclamar, nunca foram tão necessárias. Fomos reduzidas a contrarregras, estamos maltrapilhas, rasgadas. Por dentro e por fora. Nosso lugar era o palco. Cadê nosso figurino? As vírgulas também protestam contra seu desuso, mas comemoram a liberdade que o Twitter lhes trouxe. Não somos purpurina para sermos espalhadas por aí, dizem seus cartazes. Os verbos, *jeans* obrigatórios, têm reclamado de falta de tempo. "O verbo tem que pegar delírio", alertava Manoel de Barros. Quando é preciso manter a sanidade, não podemos nos dar direito à loucura, argumentam. Não dá nem tempo de se montar. E lá vão eles de novo com a clássica camiseta branca, mesmo querendo vestir um arco-íris. Os pontos de exclamação pedem os dias de folga acumulados, enquanto algumas frases de autoajuda são carregadas à força direto para estúdios de tatuagem. Os artigos se dizem confusos, mas admitem que têm preferido essa vida corrida e festiva à outra, cartesiana demais para uma língua tão subversiva. Assistem às reclamações as mesóclises sentadas do sofá de casa se sentindo imponentes de gola vitoriana: os textos, com a gente, sempre foram um brinco.

Texto não é sobre roupa, palavra não é acessório. É sobre corpo, sobre pele, sobre causar eletricidade com palavras fundamentais. Silviano Santiago nos lembra que as palavras não estão em perigo, os corpos estão. Não importa o que veste, o bom texto, mesmo descalço, continua impecável. E a salvo. Desde que não faça silêncio.

A palavra
também quebra

e eu tenho pensado sobre as palavras que a gente não mede, as palavras que dispensam a trena, as meias palavras, e as inteiras também, as palavras cujo uso a gente faz, as palavras com as quais a gente falta, as palavras que a gente estalqueia, as palavras que são tão grandes que são palavrões, as palavras de outros que fazemos nossas e com que fazemos as nossas, as palavras ao vento, as palavras de ordem, as palavras amigas, as meias palavras que bastam ao bom entendedor, as palavras que servem para que possamos explicar em outras palavras, as palavras que são pimenta nos olhos dos outros e que pra alguns são refresco, as palavras-palco, as palavras que a gente abotoa antes que se percam na caixa de botões, as palavras que são fogo de palha, as palavras regidas por orquestras, as palavras que morrem de velhas, as palavras que fazem o monge, as palavras que saem caras, as palavras que reluzem, mas não são ouro, as palavras que vêm na carroça que, por sua vez, vem na frente dos bois, as palavras de sono leve, as palavras que cutucam a onça com vara curta, as palavras que choram pelo leite derramado, as palavras com pernas curtas, as palavras com cem anos de perdão, as palavras que servem para dizer o que eu digo, mas nunca para dizer o que eu faço, as palavras que a gente mastiga, as palavras que a gente morde, as palavras que a gente tateia e as palavras sem gosto, as palavras que a gente engole, as palavras que a gente não digere, as palavras que a gente degusta, as palavras que a gente desgosta, as palavras que não entram em boca fechada, mas estão às moscas, as palavras calmas que vêm depois da tempestade, as palavras que traçam um destino, as palavras que estraçalham um destino, as palavras que tragam um destino, as palavras que trazem um destino, as palavras-estrago. as palavras que servem para quem não diz coisa com coisa. as palavras com as quais alguém escreve torto por linhas certas. as palavras cansadas. as palavras que a gente não tem. e por todas elas que tenho deixado todas as palavras em paz.

Palavras em férias

cá estamos em mais um dia de mais um mês de mais um ano de mais uma década de palavras esquecidas, quando convocadas e intrometidas, quando tudo o que eu quero é silêncio. faz tempo que não escrevo e a julie do futuro pode estar triste, mas também se aproveitando disso e pensando precavida, isso, vai, guarda sua energia, vai fazer um trabalho manual, organizar um pouco da bagunça, sobra menos pra mim, enquanto a julie de hoje tenta dar conta das listas adormecidas, dos pedaços de conversa insistentes e dos afetos. daqueles que o vento não derrubou porque a raiz é forte e está devidamente encalacrada embaixo da terra, que é tudo o que resta nesta temporada. prestes a completar um ciclo, mais um, tenho escrito pouco, tenho falado pouco. mesmo assim, fiquei sem voz. a julie do futuro me manda comer maçãs. talvez a julie do futuro me agradeça por ter lido mais do que escrito e por ter guardado num potinho as palavras errantes, inadequadas e embrionárias. a julie do futuro agradece por não participar mais de uma *live* por dia, correndo o risco de ficar lá duplicada, uma congelada, a outra falando sem parar. a julie do futuro me diz que você não deixa de ser escritora por não escrever. você também não deixa de ser artista quando não está produzindo. são esses os lembretes. mas escrever e produzir são minhas pontes com esse futuro. que medo dos *post-its* desbotados. todos coloridos, mentindo sua complexidade. quando não presto atenção aos meus silêncios, às lacunas entre uma pilha e outra de afazeres ruidosos, fico à mercê de outros ponteiros. o capitalismo é barulhento. botar palavra no mundo, pra mim, é coisa séria. viver também. e, enquanto essas forem minhas prioridades, cuidarei das palavras e da vida como se fosse tudo o que tenho. o barulho onomatopeico de agora não passa de um ventinho inconveniente, já fechei a janela, calma, foi só o relógio que se espatifou no chão. de quando em quando, um arremate. ver um poema por dentro desembaça a caneta. não sou-somos mais as mesmas. nesse *tèxte-à-tèxte*, calha de sabermos que tudo, tudo é ficção.

Todas as palavras

somos tantas, uma dentro da outra, essa tentativa de ser indivisível e, aqui, bem-vindos ao recorte fototipado. envernizado, contraditório e um pouco pantomímico. ninguém é inteiro, estamos todo mundo tentando juntar os cacos. e ainda que a gente tente cunhar um timbre aparentemente original nessas moldurinhas quadradas, dá é vontade de dar de ombros. nasci com a bússola e os ponteiros todos quebrados, quem é de casa sabe. um relógio todo imantado que se organiza de acordo com a estante em que está, com a parede em que já esteve pregado, mas não mais. não é tempo de pregar. é tempo de cola, se colar, diria andy warhol, que, todas as noites, ao chegar em casa, "se colava", algo como "se recompor", grudar-se a si mesmo, assim, todo redundante o papa (do) *pop*. não ajustemos o mapa pra seguir vestígios. não queiramos ser obelisco quando dá pra ser pinacoteca. obelisco é pra quem nunca brincou de caleidoscópio. não sejamos soletráveis de uma única forma, quando temos um dicionário inteiro à disposição, um oráculo para práticas de bibliomancia. estou escolhendo as palavras, mas é só pra não deixar nenhuma de fora.

Notas sobre reconhecer um livro pelo verso

1. sim, minhas costas, coitadas.

2. eu achava que quando tivesse a oportunidade de ficar em casa eu colocaria em dia os livros que eu não li. ingênua, eu. eu também achava que, quando ficasse em casa mais tempo, organizaria os arquivos todos e jogaria fora o que ocupa espaço. a ingenuidade e eu somos velhas amigas, sabe. ainda sigo entendendo como vai ser o futuro dia sim, dando aquela murchada clássica dos melancólicos, dia também. no meio do caminho, maldisse algumas vezes a quantidade de papel que acumulo e os livros ganhados — por pura experiência com mudanças, já sei o que me espera. mas, meia hora depois, tô lá revisitando uma escritora piauiense. minha biblioteca me lembra de onde estive. não há viagem da qual eu volte sem um livro. nunca imaginei que meu maior bem pesasse tanto nas costas. os livros vão e vêm. alguns seguem perdidos, uma hora voltam. a dicção muda, mas, na mudança, a dança continua lá dentro fazendo dessa palavra uma coreografia muda e sujeita ao acaso. uma simples troca de posição na prateleira e a conversa é outra.

3. saramago, ao ser convidado para fazer uma lista de livros fundamentais para uma biblioteca, se nega e diz que o ideal é partir de um livro só, qualquer que ele seja, e, a partir daí, fazer seu ponto de partida — porque formar uma biblioteca, diz ele, é um ato perfeito de criação. minha pequena biblioteca, com suas repetições e insistências, agora um híbrido das preciosidades todas que ela carrega, talvez seja uma das minhas maiores criações e meu grande oráculo, todos os livros conversando entre si, batendo um papo telepático, como se soubessem o que vem pela frente, graças a uma das únicas instituições confiáveis da contemporaneidade: o acaso.

4. a biblioteca é um apanhadão dessa coisinha chamada livro, um produto cultural *démodé* que, *voilá*, ganhou holofote quando a gente deu um basta na tela. ou quis dar. essa tecnologia que dispensa *wi-fi* também é alvo da controversa discussão: se eu tenho o nome na capa, sou escritora? e, se não tenho um retângulo de papel pra dizer que fui eu que fiz, não sou? cadê carteirinha? o afobamento por ter uma plaquinha com o nome associado à arte é inversamente proporcional ao valor que se dá ao que exige tempo, empenho, estudo (lembrando que autodidatismo, academia e educação livre não são excludentes, tudo é livrossistema).

5. pra quem tem pódio garantido na modalidade procrastinação, alô?, diria: organizar também é estudar, também é mercurial. conhecer suas ferramentas. começar organizando aquela caixa com xerox da faculdade, aqueles pdfs que você salvou, aquilo que você já leu, seus diários, seus caderninhos. sei que falar que livro é fetiche com o privilégio de ter uma biblioteca é um pouco cínico. a escrita chega, fofocaria e fanficaria são bens inalienáveis da gente humana. drummond tá até hoje tropeçando porque pediu que atirasse a primeira pedra quem quer que, você sabe.

6. o grande achado da sua vida pode estar naquele livro que você leu há anos, pode ser dos seus pais, pode já estar na sua estante. leia enquanto eles compram, mas compre se isso ajuda uma livraria a se manter viva. já disse, vou repetir, faça um inventário de si com tudo o que você já tem, já leu, já tem. a gente não precisa ter tudo o que já lemos. a arte, a escrita, a performance, tudo nasce da memória. e nos nossos museus particulares, muita coisa se perde por falta de catalogação. muita coisa também se acha por falta de catalogação. o olhar atento é o melhor marca-texto, o marca-páginas mais colecionável.

7. meu passatempo predileto no mundo também é trabalho, que também é palco, que também é floresta, que pode ser outro continente, que pode ser máquina do tempo, que pode ser oráculo, que é sempre um dicionário, mesmo não sendo, que é portal, que sempre é era-uma-vez e pode ser mais quantas vezes quisermos, que é passaporte, que tem *status* de objeto, é objetivo e pode ser travessia, que também é jeito de dizer não-tô-em-casa, fui dar um rolê na Mesopotâmia. viva a livraria, vi num muro, coisa que nunca um livro vai ser.

Lamber a própria língua

Lamber está a anos-luz da palavra *saudade* quando se trata de insuficiência de tradução. Não dá para competir com a própria expressão avessa a concessões de qualquer tipo: *vá lamber sabão*. Prefiro ela a *vá catar coquinho* ou *vá ver se estou na esquina*. Porque lamber sabão é mesmo um *se saia* dos melhores. Todos esses comandos mandam a pessoa amada para longe — dificilmente se recupera em três dias uma pessoa amada que lambeu sabão — não importa o calibre da cartomante. E porque eu gosto de mandar alguém lamber sabão. O algoritmo da língua brasileira, certamente, me mandaria como sugestão de vocabulário qualquer palavra ou expressão tateável como *estar com um comichão*, esse sentimento aflitivo e incontrolável que me levaria a fazer algo; tão poderoso em si mesmo, que se explica pelo corpo: sensação de ligeiras picadas, uma coceira intensa no lugar indicado — e, se eu estiver com um comichão de escrever, é como se eu estivesse com tudo isso à ponta dos dedos que estão prestes a tocar o teclado. Não há como dizer de maneira melhor a aflição que sinto se eu estiver com tanta vontade assim de escrever.

O oposto também é verdadeiro. A apatia é a própria sensação de amortecimento e anestesia, como se alguém estivesse torpente, dormente, azamboada e lesa, incapaz de levantar da cama, em estado de catatônica, com as emoções tímidas e tolhidas, quase amortecida, ou, em português bem brasileiro, *morta com farofa*. Essa moleza toda, no entanto, não sobrevive, é certo, àquilo que nos faz suar por todos os poros, uma sensação de mormaço por dentro, um tempo abafadiço, um fogo que arde sem se ver, uma chama, uma flama, uma centelha, uma fagulha, todas as palavras que, ainda que não digam a que vêm nesse contexto, sabem muito bem o que sugerem. Não é à toa que qualquer palavra férvida ou indicativa de um sol a pino por dentro não é capaz de estar no páreo dos versos icônicos de Sidney Magal, *pode vir quente que eu estou fervendo* ou do popular *fogo na bacurinha, siricotico*. E, para bom entendedor, meia palavra é vasta.

O verdadeiro jardim das delícias está ao alcance do nosso cérebro, tudo é possível com a palavra certa, na ponta da língua, ainda que o sentido ativado seja, quem sabe, o olfato. Ao menor sinal de um bafo de onça ou de um de um beijo com a boca de hortelã, os sentidos ficam a postos, para cima ou a recuar. É complexo traduzir ao nariz o que queremos dizer quando empregamos palavras fétidas, tais quais *catinguento, cheiro de carniça, nauseabundo, acabufa, inhaca* ou as nossas inevitáveis *chulé* e *pum*. A própria palavra *sovaco* merece menção honrosa dada sua incapacidade de reprodução mundo afora. O som dessas últimas três, *sovaco, pum* e *chulé*, ninguém nos tira.

E, por falar em som, nossos ouvidos estão tão mal-acostumados que os verbos onomatopeicos nadam a braçadas em nossos textos de ficção: *borbulhar, mugir, murmurar, sussurrar, roncar*. Há todo um arco de palavras que narram os barulhos que a gente só sabe fazer com a nossa fonética: *bangue-bangue, tim-tim, glu-glu, fiu-fiu, fon-fon, tic-tac* e *tchibum*. Posso ouvir os barulhos dos dentes quebrando se um personagem, ao colocar na boca uma *pipoca*, outra palavra que virou verbo recentemente — *pipocar* —, fizer uma careta e ao seu lado estiver escrito CREC. O silêncio também só pode em português ser descrito com uma onomatopeia tão barulhenta: CRI-CRI-CRI. Nem o zumbido de uma mosca passa ileso a esse som de grilos. Com um estalar de dedos, podemos ouvir a algazarra que uma meia dúzia de onomatopeias é capaz de fazer em uma história. E como é bonito ver o desenho que só nossas palavras performam numa página em branco. Seja a piscada involuntária de *lusco-fusco*, que nos deixa com os olhos arregalados, ou o palindrômico *ovo*, que é a própria forma de dois exemplares de si mesmo ou faz as vezes de dois olhos esbugalhados — mas só para olhos não treinados que podem acabar confundindo alhos com bugalhos.

Sabemos bem, aliás, que é possível comer com os olhos, mas nada como uma boa lambida para sentir o gosto das coisas como elas são. Que gosto não se discute, a gente sabe, mas peço licença para retirar da nossa língua a palavra que indica a ausência completa de sabor: *insosso*. Se tem uma coisa que não temos cá é o que não tem graça. A essas coisas, sugiro uma palavra mais nossa: *desenxabido*. Estamos todos meio assim. E nem precisa ser comida para merecer esse adjetivo. Diante do gosto amargo das coisas não nomeáveis, da necessidade de voltarmos a sentir comichões e parar de engolirmos coisas goela abaixo, nada melhor do que buscar na nossa língua os quitutes e paparicos que só o Brasil xodó pode nos dar. Aquele que é capaz de dar água na boca e estalar os beiços, um país apetitoso e supimpa, que nos desembrulhe o estômago e nos faça lembrar dessa flor do lácio que o brasileiro transformou em flor comestível: só aqui é possível lamber a cria, nossa própria língua, esse órgão muscular com o qual a gente faz tanto, mas também um sistema abstrato de símbolos, a nossa, que não é a mesma de Camões, mas patrimônio herdado e, agora, mais do que nunca, um matrimônio gentil que inventamos de sol a sol, pra não deixar frase nenhuma sem pátria.

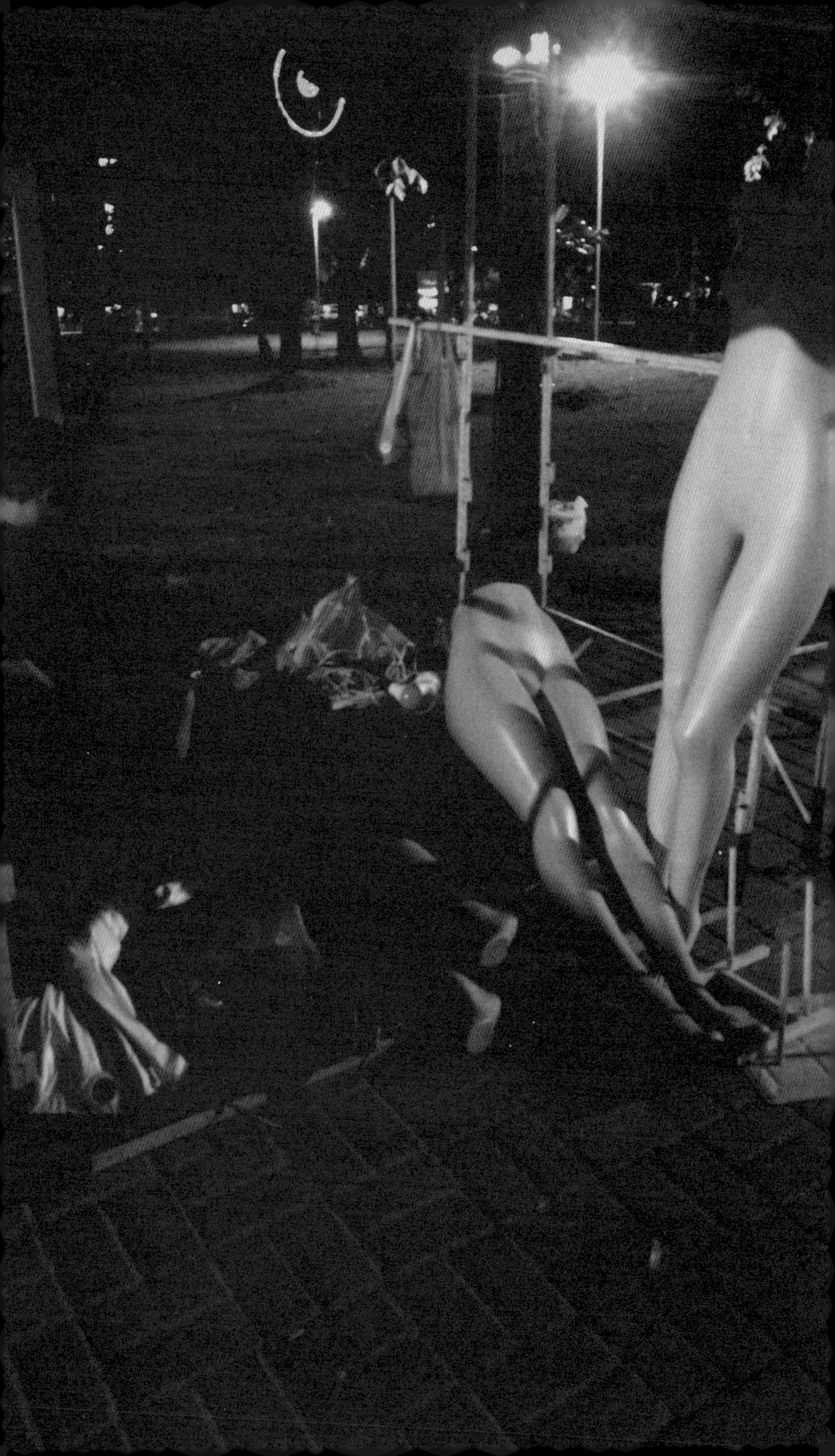

Cartografia da saudade: só sobraram as samambaias de plástico.

Aquele ano em que a gente aprende a contar

Mas de repente é segunda-feira outra vez e nada parece começar de novo — ainda que muitas manhãs por aí inaugurem a portas abertas o que chamam de *abertura*. É um começo. Esse, que toda gente sempre adia e ancora em marcações temporais. Somos incapazes de viver sem contar — histórias & dias, ainda que a contagem se perca em fumaças de notícias ou cinzas do que temos visto queimar. Damos nomes aos livros a partir do tempo. Alguns óbvios: *Quarenta dias*, *Meu ano de descanso e relaxamento*, *O fim da eternidade*. Outros nem tanto, sob a mesma premissa: *Odisseia*, *Jogo da amarelinha*, *Três vidas*. As histórias começam com o automático *Era uma vez* ou um *Quando*, seguido de uma explicação específica, a exemplo do Kafka: "*Quando certa manhã Gregor Samsa acordou de sonhos intranquilos, encontrou-se em sua cama metamorfoseado num inseto monstruoso*". É a partir dali que a gente conta a história que nos contam.

A já embolorada diferença entre história & estória não faz mais cócegas, mas há, sim, ainda, versões & versões — aquelas em que até as narrativas ficcionais parecem previsões. As perguntas para o Google aumentaram nos últimos meses e equipararam nossa curiosidade a respeito da previsão do tempo para um outro tipo de previsão sobre o tempo: *Quanto tempo falta?* Eu, que tenho me perguntado diariamente *quanto tempo resta?*, percebo que não sou a única a me ocupar do tema. *Quanto tempo sobra?* também é uma das perguntas feitas ao Google no período da quarentena. Sabe-se lá. Nossos advérbios e adjuntos adverbiais de tempo em crise de identidade e as conjunções adversativas desempregadas nos lembram que não podem mais existir os *entretantos* e os *mas*, conjunção finalizada com um plural involuntário. Que (é)sse é esse que nos deixa sem saber calcular? Está tudo coberto de uma flexão de número. Sabemos que é mais de um, mas quantos? Sujeitos ocultos ocultando sujeitos, antes, determinados, nominados. Com nomes e famílias. Evoco aqui uma das mais comuns nas salas de aula que eu costumava frequentar: a dos advérbios. Não consigo mais lê-los com suas locuções de modo e não os pensar como a única forma de contar nossos tempos, com o perdão do trocadilho: *às pressas, às claras, às cegas, às escondidas, aos poucos, desse jeito, desse modo, dessa maneira, em geral, frente a frente, lado a lado, a pé, de cor, em vão*. Tem ainda o *provisoriamente*, ambíguo, a frequentar duas famílias, que era pra ser de tempo e virou nosso modo. Um jeito de viver a política, ocupada por gente que sabe exatamente que dia foi ontem. Nenhuma oportunidade escapa a quem escreve, com as mãos sujas, odes à naftalina, incluindo a de recontar a história, valendo-se de uma calculadora própria.

Há quem esteja contando o tempo, há quem esteja contando farelos, há quem não esteja mais contando. Quando será possível pintar um céu de azul de novo sem chamá-lo de céu de brigadeiro? Esse céu que brilha imenso nos lembra uma crise hídrica, mas também acusa que, fosse lido em Portugal, esse adjetivo seria advérbio. As palavras rodopiam na nossa frente ostentando o passado. São as palavras o nosso único relógio possível e nem todas lavam as mãos antes de entrar no verbete para atravessar nossos dias. *Afinal, agora, amanhã, amiúde, às vezes, de repente, de vez em quando, de quando em quando, a qualquer momento, de tempos em tempos, em breve, hoje, antes, ontem, breve, cedo, constantemente, depois, enfim, entrementes, imediatamente, jamais, já, sempre, outrora, primeiramente, tarde* e *nunca,* nos disseram, delimitam o tempo na narrativa. Até que o amanhã aconteça, elas continuam pouco e resisto à tentação de cancelar 2020 da minha biografia. Este passado-presente-futuro é de todos nós e nossa memória precisa dele.

Nuno Ramos, em 2008, definiu 2020 como ninguém: *"No topo do meu estômago, essa vontade de cantar e vomitar ao mesmo tempo".* Nesse desafio matemático, ético e estético, queria dizer que, em resistência, fui feliz naquele ano. Só não sei se serei capaz de mentir ano que vem. Também não sei se vem o tal do ano um do próximo século — agora, sim, dizem os historiadores —, do próximo milênio, esse ao qual nos encostamos, em todas as nossas previsões, com uma espécie de fascinação pelo futuro. Ele, que sempre se impôs, forçadamente, como uma promessa, como se fosse possível, um advérbio de modo, não passa de um substantivo composto. Ainda resta — se restar alguma coisa — descobrir de quê. E, enquanto tateio, persigo meu próximo texto, um jeito que me parece honesto para contar os dias, e ensaio, às cegas, um início de um outro jeito, imitando Saramago: *"No dia seguinte ninguém morreu",* torcendo pra que não seja ficção.

(A)LIVE

— Oi, tá me ouvindo?

— Tô, sim, e você? (você tem criança, isso não se pergunta pra quem tem criança, tudo indo, aqui, tudo indo, aquela montanha-russa, um dia de cada vez, tô alcoólatra ou quando eu digo que vou parar não configura?, não sei nem que dia é hoje, tá Brasil, disse minha amiga Alice, hoje, sim, ontem prefiro nem contar, meu deus, mais uma sirene, já desisti do terceiro livro, dá pra acreditar que estamos discutindo se a Terra é redonda?, dizem que a nossa atenção dura o tempo de um comercial, cadê o copo de água que eu tinha deixado aqui, que nervoso, e se eu ficar com a cara congelada? tudo bem estranho aqui, isso é hora de encomenda chegar?, é a terceira sirene que passa por aqui só hoje de manhã, vou mudar de assunto, não vou falar sobre isso, mas ouvi que, se você não fala sobre um assunto, a tua escolha de não falar diz mais do que se você de fato falasse a respeito, qual era o assunto mesmo?, gente, já disse que tô bem, mas o que manda é a pergunta automática. tá, vamos lá. ainda bem que hoje tem água.)

— Daquele jeito. E aí, tudo bem? (será que eu já perguntei se ela tá bem?, o que ela perguntou mesmo?, bem, tem a mudança, ontem entrou um morcego aqui, e tem o gato que agora deu pra ficar estressado e ontem mesmo eu vi no Instagram que tinha gente na praia e, que merda, vi uns amigos fingindo que não é com eles, e essa coisa de a tia talvez ter se contaminado na sala de espera do hospital, estamos vendendo tudo o que a gente tem em casa, até a máquina de lavar, ontem o menino do apartamento do lado foi levado, não vai sobrar ninguém desse jeito, a vizinha parecia estar escondendo o rosto a última vez que fui buscar umas encomendas na portaria, e não era com máscara, a gente tá sem ministro de uma pá de coisas, acho que não dá mais pra usar a palavra pá pras coisas, né?, a pá é o instrumento que leva o corpo pra terra, já imaginou ser coveiro?, já imaginou ser coveiro nesses tempos?, já imaginou esses tempos?, a vida não tá fazendo nenhum sentido, tudo escorrendo pela mão, o álcool tá acabando, a casa tá um caos, louça, que louça?, acho que não almocei ontem, almocei?, estamos em julho, julho?, como assim, o segundo semestre vai começar?, o primeiro nem terminou ainda, tô devendo coisas de janeiro, de fevereiro, de 2018, essa pandemia veio pra gente parar de colecionar pendências, como se fosse simples, os calendários de mesa se aposentaram, os alarmes tocam por educação e, quê?, oitenta mil mortos? pelo menos não tem ciclone previsto pr'essa semana.)

— Oi... Tá me ouvindo?

— Sim, sim, tudo bem, e você?

— Por aqui também. Vamos falar de coisa leve hoje, né?

Interrupção

Ainda que eu goste da fluência de qualquer coisa que não quebre, não posso não lembrar que é pelo rasgo, pela fenda, pela rachadura que a luz entra — Cohen, obrigada, sempre, por isso. E observar a morte, sob a perspectiva da luz, aqui, no ocidente pretensamente cristão, é das tarefas mais arriscadas. Ela segue parada no meu ombro há alguns meses depois que tantos da minha família foram embora e redefiniu o esboço que eu vinha desenhando pra vida. A gente, que aprendeu a admirar o contorno das coisas, esquece como é legal espiar para o lado de lá da moldura. No caso da vida, a espiada não é de todo possível e fica a cargo da imaginação, quase como quando a gente dá de cara com um idioma de outro alfabeto. Que traço é aquele tão legível para o meu estrangeiro que eu não faço a menor ideia de como decifrar? E assim começam os balbucios para o encontro com o que a gente não conhece. A criança tasca *grommelot* e onomatopeias; o adulto paralisa.

Deve ser assim que quem não mora por aqui se sente ao olhar pro cê com cedilha, essa letra que se arrasta com um penduricalho nos pés, uma vírgula acompanhando seus passos e a proibindo de iniciar palavras, um cacareco linguístico digno das melhores coleções. Aliás, tenho gostado tanto da cara das palavras que carregam essa letra que não anda sozinha. Uma gramática poderia nos contar que o cedilha é um sinal diacrítico, que serve para distinguir a pronúncia, atribuir um novo valor fonético a uma palavra e dizer de onde é que ela veio — se vejo qualquer semelhança com a morte, é porque meu idioma é também meu oráculo. Esse sinal, que poderia ser também zedilha, já que é um pequeno zê, sinaliza que a palavra nasceu árabe, africana ou indígena.

Laço, descalço, dança, cansaço, esboço, miçanga, louça, paçoca, açafrão, embaraço, mudança, dança, sentença, pedaço, destroço. E também *abraço*, que saudade. Quando esse cê já nasce junto com a palavra, é de nascença. Quando ele vem como sufixo (-*aço*), é pra dizer que alguma coisa tá ali em abundância, mas bem que podia ser em abund*ança*. Ricaço, alguém com mais dinheiro do que deveria, dentuço, alguém com dentes muito bonitos, beijaço, um beijo muito bem dado. Panelaço é o que todo mundo fazia num planeta distante quando a indignação ainda existia, lá no começo do século 2020.

E cá estamos, 84 anos depois, no dia daqueles que criam muito: as crianças, esses seres que nem sonham que um adulto pode ser uma estalactite. O brinde vem com outro significado: é também a palavra usada para criação — quando o assunto é arte mesmo. É do castelhano que a gente empresta esse indicador de exagero (-*antia*), mas os espanhóis já deixaram isso pra lá e adotaram a palavra *niño* ou *niña* para se referir aos caçulas. Nosso brasileiro registra também o substantivo no masculino *crianço*, mas a língua é sábia e adotou uma quase não binariedade para designar quem nasceu agora há pouco: criança, com -*a* mesmo no final. Gosto de pensar que, quando o aquecimento global era um problema distante, mas não tanto, *El Niño* era nome para fenômeno climático. Depois, os furacões passaram a ter nome de mulher e a gente perdeu de vista que natureza é pra se enxergar a olho nu, feito quem escala uma montanha pela primeira vez.

Parar pra tomar ar é quase uma afronta enquanto tanta gente tenta respirar. Essa escrita aparentemente linear que nasce pequenininha, vezes furacão, vezes furação — até virar abismo —, finca pé na possibilidade de existirmos por uma via emoldurada, bonita e sempre avançando, mas esquece que nasceu toda asmática, para além da borda. *Que ar é esse que entra pelo nosso nariz assim que a gente nasce?*, perguntam nossos pulmões, nossos olhos não perguntam nada. E se já cansamos de caçar respostas, cansados do voto de silêncio de quem põe fogo e da ladainha de quem autoriza, talvez seja o caso de apostar na lacuna — no espaço a ser preenchido por quem ainda quer sentir gosto de chiclete e não alcança qualquer móvel. Acreditar na promessa de quem nasce é clichê, mas parece ser a única via para que o fim dê lugar ao começo ou, pelo menos, a outros princípios.

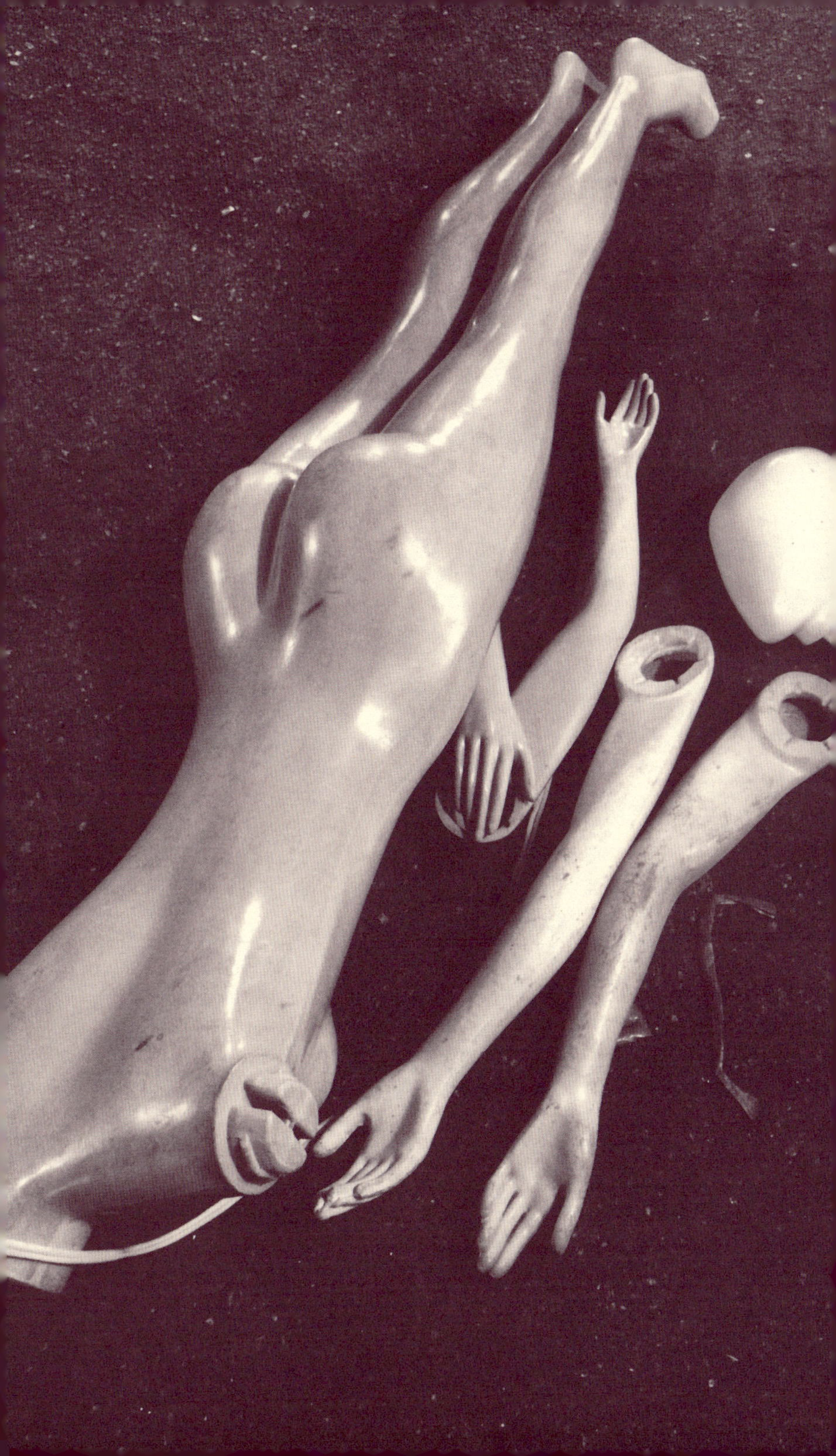

Tentativa de esgotamento
de uma cidadã brasileira

Dia 1.
Itália, China e Estados Unidos abrem o tabuleiro.
O Papa realiza uma bênção histórica numa praça vazia.
77 mortes no Brasil.
Pessoas compram muito papel higiênico.
Dois anos do assassinato de uma vereadora no Rio de Janeiro.
O presidente da Coreia do Norte não usa máscara.
É decretado estado de calamidade.
O governo russo não pretende sair do jogo.
Itália declara quarentena.
Um dos ministros está descalço. O rei está nu. Faz tempo que o rei está nu.
Um ex-presidente brasileiro recebe um título em Paris.
Um presidente é eleito no Uruguai.
Um ex-jogador de futebol famoso é preso no Paraguai.
Um jogador de futebol ex-famoso é preso no Paraguai.
O ministro da justiça pede demissão.
O presidente demite ministro da saúde.
Pessoas protestam contra o assassinato de um homem negro.
Quadradinhos pretos passam pela *timeline*.

Um homem de cabelo laranja diz que vai parar de dar dinheiro para a saúde porque não quer colaborar com a China.

Uma atriz norte-americana é presa toda sexta-feira.

China não registra casos novos da doença por um dia.

Uma atriz famosa faz discurso.

Uma atriz famosa ri.

Uma atriz famosa é considerada louca pela esquerda.

Uma atriz famosa é considerada mole pela direita.

Uma atriz famosa se muda para a Cinemateca.

Um novo ministro da saúde deixa o cargo citando um texto motivacional: "A vida é feita de escolhas e eu hoje escolhi sair".

Um homem testa negativo para a doença.

Em Lisboa, um manifestante aparece em meio a outros carregando o cartaz "Racismo é distração".

Pessoas voltam a frequentar parques nos Estados Unidos pintando um círculo na grama com tinta branca ao redor de si mesmos para demarcar o espaço destinado ao grupo.

Uma menina se forma em Oxford.

Um homem se muda para os Estados Unidos um dia depois de ser demitido no Brasil.

Um homem é preso em Atibaia.

Pessoas se vestem de laranja.

O movimento 300 do Brasil passa a ter 298 pessoas depois de duas pessoas serem presas.

O centro de um país está pegando fogo. Literalmente.

Um homem de cabelo laranja posa em frente a uma igreja.

A premiê da Nova Zelândia conquista todos os territórios.

China fecha consulado norte-americano.

Estados Unidos fecham consulado chinês.

Tem o preço do arroz.

Parece que vai ter vacina.

Um nerd compra um telefone com símbolo de maçã e reclama da falta de peças.

Empresa diz que mandou menos peças porque quer fazer alguma coisa pelo meio ambiente.

Um homem com histórico de atleta contrai a doença.

Muitos minutos de silêncio pela morte de um criador de trilhas sonoras.

Cartunista argentino conhecido por ter desenhado uma criança impertinente e comunista morre.

Uma mulher pede para que um homem a deixe terminar de falar em um debate.

Aquele mesmo país ainda não parou de pegar fogo.

Um presidente faz um discurso dizendo que este país não está pegando fogo.

Uma juíza morre.

Indícios de vida em um planeta chamado Vênus.

Um dos zero-zero-setes morre.

Polônia proíbe o aborto.

Crianças morrem na frente de casa.

Um artista famoso por ser anônimo pinta uma criança brincando com um bambolê em um muro na frente de um hospital.

Um homem e uma mulher derrotam dois homens da presidência dos Estados Unidos.

A mulher que pediu pra não ser interrompida faz um discurso dizendo que será a primeira, mas não será a última.

O homem de cabelo laranja diz que é tudo mentira.

Papel higiênico está em falta na Alemanha.

O Papa critica o neoliberalismo.

Muitas pessoas morrem.

Um homem de cabelo laranja contrai a doença que ignorou desde março.

Incêndios aumentam no país que nega que haja incêndios.

Deus está morto para os argentinos.

Teve a *live* do Caetano.

Teve a *live* da Teresa Cristina.

Teve a *live* da Teresa Cristina.

Teve a *live* da Teresa Cristina.

A morte de um papagaio comove o país. Faz tempo que o país não se comove. Eu me comovi.

Figurinhas de bolo pululam no WhatsApp.

O brasileiro sobrevive a trocadilhos.

O homem de cabelo laranja diz que o que tinha dito que era mentira é verdade e vai colaborar.

Um general branco diz que não existe preconceito contra negros num dia estipulado pelos negros para denunciar racismo praticado pelos brancos.

O aborto passa a ser legal na Argentina.

Mais de 180 mil mortos.

Os brasileiros continuam tristes, mas cantam "Jingle bell".

Um economista diz que está frustrado.

Um assassino que já foi herói morre.

Teve a *live* do Caetano.

E parece que vai ter Natal *e o que a gente fez?*

Dois gatos.

Um raro raio de sol.

O estoque de papel higiênico em dia.

O de paciência nem tanto.

Esperança em falta.

A bandeira do Brasil nunca esteve a meio-mastro.

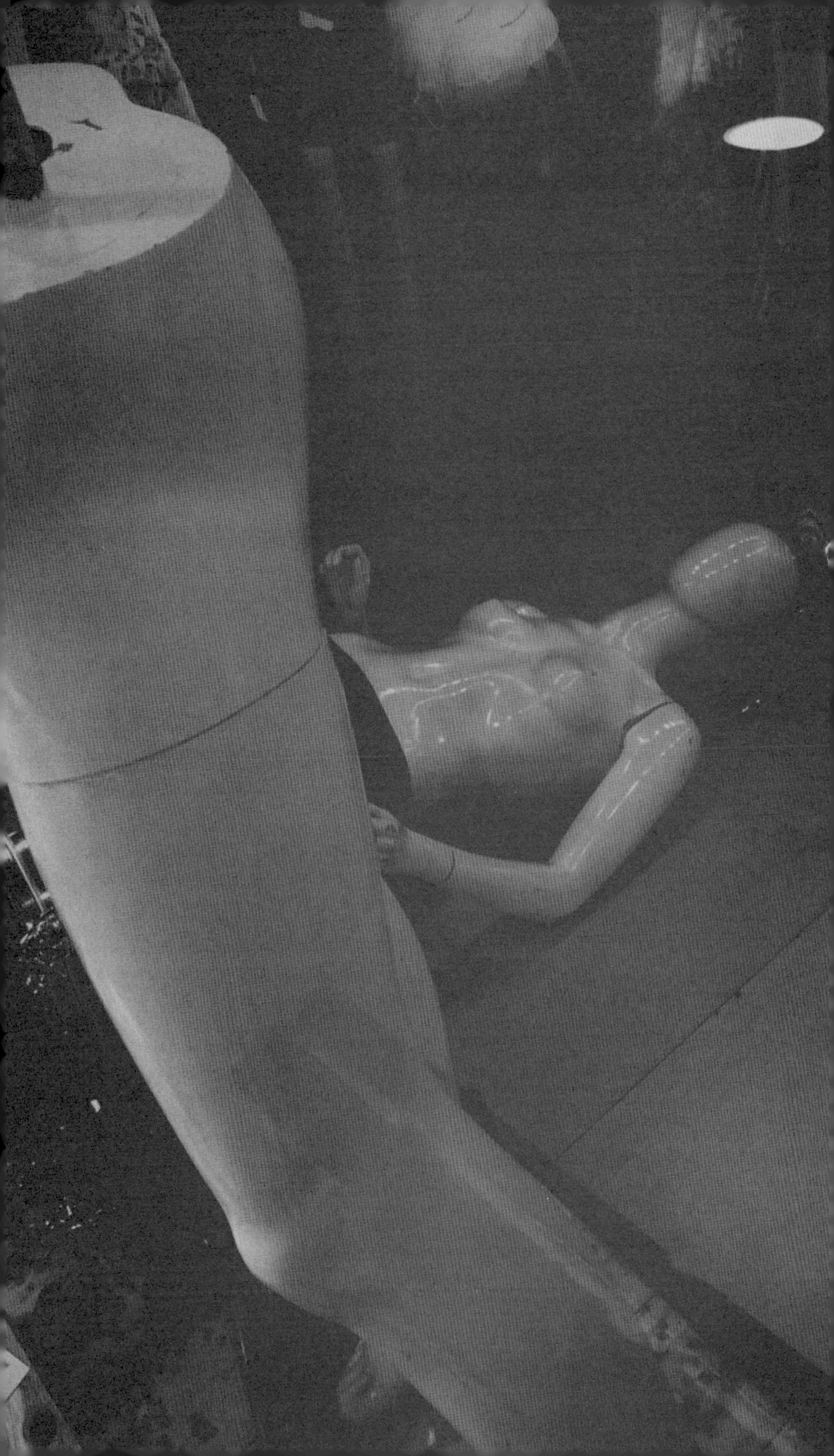

Dançarinos elétricos

Como assídua frequentadora de manuais, tenho cá meus prediletos: os antigos, que nos falam de coisas hoje, quem sabe, inúteis e ensinadas por algum *youtuber* de 12 anos em 5 minutos bem-editados, guardam suas pérolas. Ao alcance da minha mão, foi num deles, um manual de mágica, que encontrei a ilustração de uma experiência de eletricidade com papel, vidro e tecido. Ao lado da ilustração, a explicação quase científica de uma experiência para fazer papéis dançarem — e eu juro que não estou forçando a analogia. A primeira instrução aqui é: tenha dois livros à mão e uma placa de vidro. Os livros vão se manter fechados e só vão servir de suporte para a placa, que é o que separa você dos seus bonecos de papel. Do livro, também vem a segunda instrução, é dali que vêm as imagens: "Nós as recortamos (as figurinhas) de papéis de cores diferentes, o que lhes dará um aspecto bonito".

A mágica acontece quando se dá a relação entre os humanos e os bonecos por meio da eletricidade produzida no experimento. Com um pano quente que se molda como uma boneca, atritado com bastante força no lado superior da placa de vidro, as figurinhas de papel ficam, de repente, em pé. Nas palavras do livro, quando você se afasta da placa de vidro, "elas são repelidas e caem, entrando numa dança engraçada e cheia de vida", até ficarem estáticas novamente. "Parando com a fricção, o alegre bailado continua ainda durante algum tempo e, quando chega ao fim, basta apenas um leve toque com a mão na placa para que as figurinhas revivam". O manual é didático, como um programa de tevê tem sido na última semana ao parodiar a clássica história de criação do mundo em sete dias. E, na mesma medida em que é didático a respeito de como não temos conseguido conversar, é assustador.

Um arsenal linguístico poderia recorrer à psicanálise ou a livros de teoria literária para defender a impossibilidade ficcional de se chegar à realidade tal qual o *Big Brother Brasil* nos apresentou nos últimos dias. Um ex-mórmon doutorando em Economia com a tese parada enquanto participa do *reality*? Uma graduada em Letras e Direito que não consegue estabelecer diálogos com metade da casa? Um poeta de batalha de rima como favorito? A armadilha da franqueza não é o suficiente para a convivência pacífica e interessante num confinamento dentro do confinamento. Ingenuidade, empatia e cautela têm sido artigos esfumados no rascunho do personagem que cada fã-clube desenhou para seus próprios bonecos da casa e coisas que, faça curso, faça sol, requerem um pouquinho menos de moldura. A *performance* da autenticidade genuína — sim, o BBB me obrigou a juntar essas duas palavras nesse pleonasmo horroroso — e da suposta intimidade com seus adversários fez com que o gramado tão verdinho na tela da tevê formigasse. Os participantes performaram tanto que não conseguiram mais coreografar a espontaneidade ensaiada antes do *Era uma vez*. O progresso de tanta coisa aqui fora se mostrou insuficiente para o componente mais difícil de quem faz ficção: o diálogo. E o entretenimento violento, a gente constatou, não é feito de *podcasts* sobre assassinatos, mas a junção de um elenco feito de papéis diferentes, todos vistos pela placa de vidro: uma tela que talvez guarde mais pontes para prever nossas relações do futuro pós-pandemia do que a própria literatura feita entre quatro paredes que não se reserva ao direito de quebrar algumas delas.

Nesses não tão novos moldes do *Show de Truman*, o suposto *true man*, enganado por todos, mas verdadeiro, autêntico, porque ensaiou para ser, segue a jornada previsível que separa a realidade da ficção. A autenticidade, tenho suspeitado, se dá na linguagem encurralada, que, o dicionário me lembra, é aquilo que está ou é ladeado, cercado, perseguido por alguém ou alguma coisa. Quem empreende jornadas em programas de televisão em busca de uma verdade sobre si mesmo — a nova tendência do autoconhecimento de palco — pode ter se esquecido daquelas premissas incontornáveis, não catalogadas no repertório pronto, que nos moldam desde sempre. Sim, a negação de narrativas modelares e nosso lugar garantido no pódio de torcedores não nos exime de performar uma a uma das atitudes que temos condenado nos dançarinos elétricos. O mundo de Boninho tingiu as aspas todas de rubricas indecifráveis. Qualquer um poderia tê-las assinalado.

Hipotecar a própria intimidade requer a coragem de quem sabe que consegue se ver do avesso depois de seis dias de escorregões microfonados — e eu, que não tinha nem tevê até dia desses, cá estou pensando em hipóteses narrativas para além da escrita em que trabalho diariamente, criando mundos para além do meu, do seu, do nosso umbigo. Como se a própria literatura não fosse confinamento suficiente, me mudei para o Twitter faz sete dias. E, no sétimo dia, a gente sabe, *amém, amém!*, deus tomou um Rivotril e não descansou. Pudera, difícil descansar com as luzes acesas e a humanidade alvoroçada. Nenhuma narrativa tem durado mais do que 24 horas, e os tutoriais, arquétipos e estereótipos foram todos BBB abaixo. Na dúvida, acabei de encomendar um outro manual: *775 dicas para acabar com os problemas do lar de A a Z*. Ainda não sei se ele segue ao lado dos livretos sobre truques e mágica ou faz casa na prateleira de ficção.

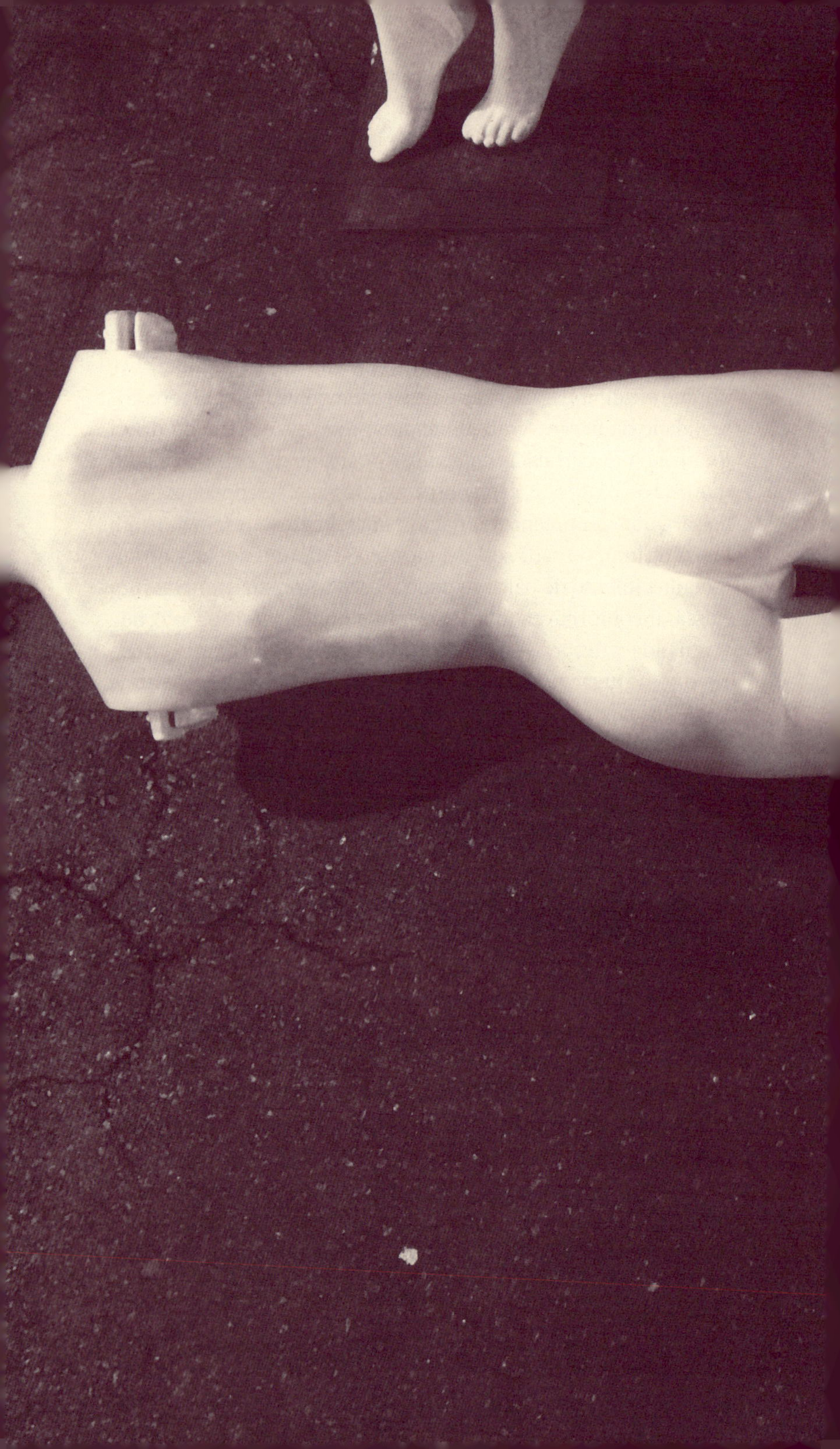

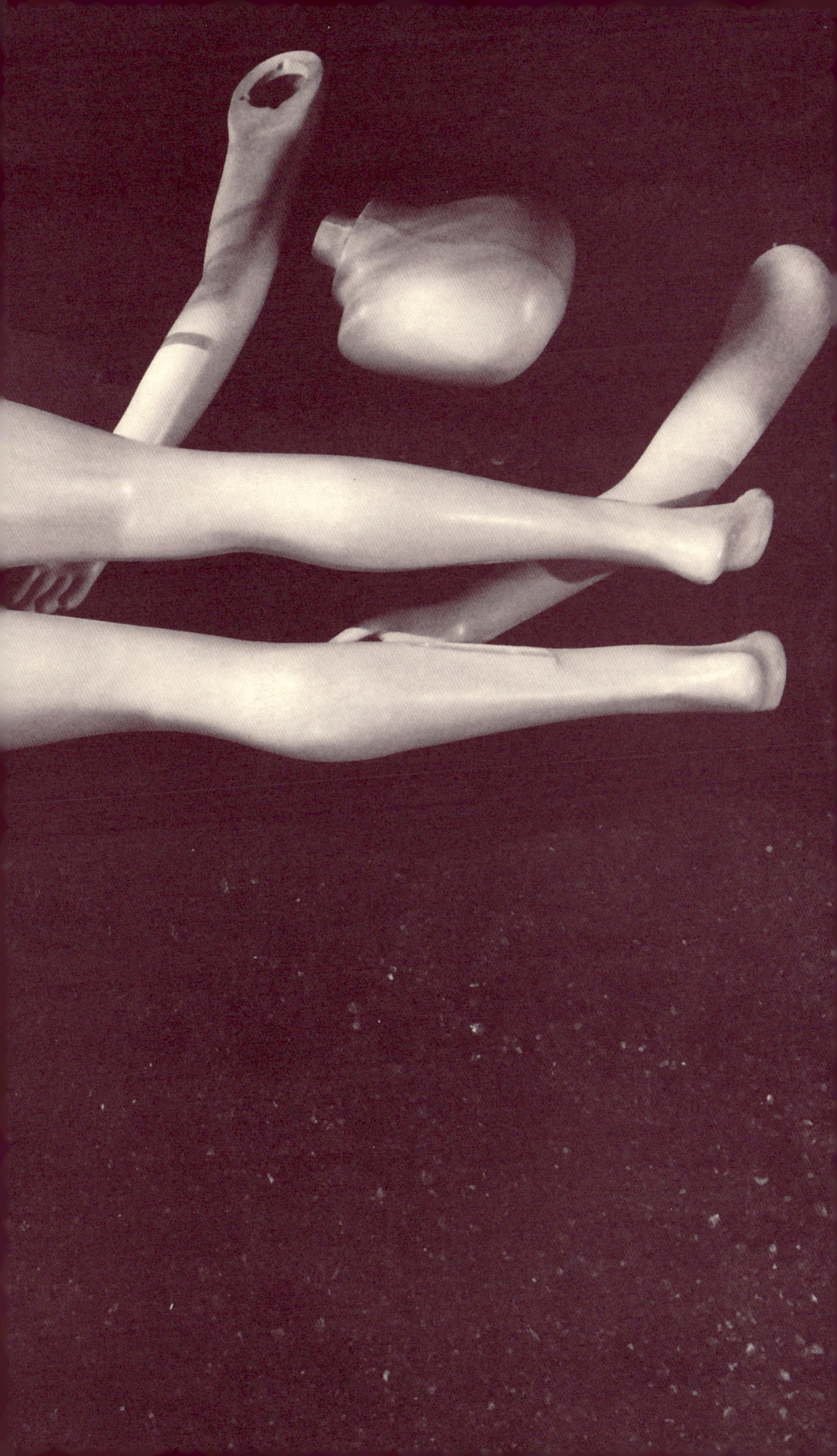

Fiz um inventário das dobras da minha infância. Tabulei sapatos molhados e uma parreira prestes a cair. Há um mar revolto embaixo das minhas unhas sujas de barro. A árvore mais bonita do parque, um *flamboyant* estratosférico, abriga uma corda pendurada no galho mais alto.

>não sei se pra prender balanço
>ou se pra alguém que perdeu o embalo

De acordo com a Wikipédia, cúmulo-nimbo é um tipo de nuvem caracterizado por um grande desenvolvimento vertical. Pode atingir mais de quinze quilômetros de altura e tem como uma de suas principais características o formato de uma bigorna. Esse tipo de nuvem é associado a eventos meteorológicos extremos como tempestades, raios, chuvas volumosas, granizo e neve e pode ocorrer no mundo todo, mas é especialmente comum nas regiões tropicais. Logo abaixo de sua base, devido à espessura, manifesta-se grande escuridão por bloqueio de luz solar. Numa trajetória típica, uma nuvem como essa pode se precipitar e, conforme se move, deixa um traço de chuva no lugar onde passou. Conforme a chuva transcorre, a nuvem perde o aspecto inicial e torna-se espessa e mais clara. Sua estrutura assustadora se dissipa e resta uma nuvem difusa que tende a se precipitar mais lentamente com o tempo. É assim que eu me sinto.

Há um momento em que acabam os pregos da sua casa e você não pode fazer outra coisa senão ir ao mercado comprar mais porque é domingo de manhã e você não suporta a não possibilidade de pregar alguma coisa na parede, nem que seja cristo, porque é hora da missa e seus quadros também já acabaram.

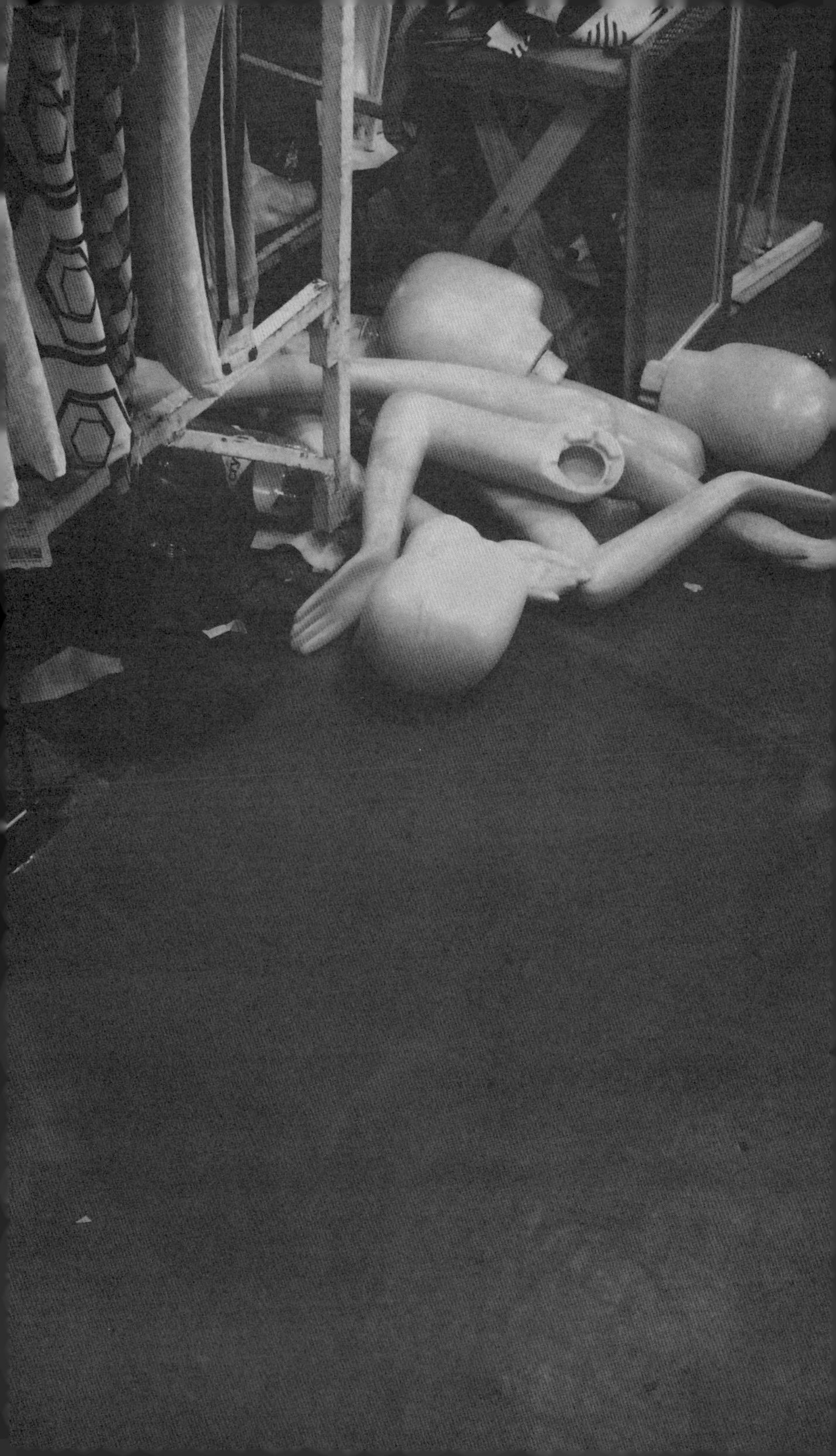

O derretimento das derrotas protocolares

Suspeito que não estou sozinha quando digo que estou cansada. Muito cansada.

Bastante cansada. Que outro advérbio de intensidade a gente tem aí à disposição? Assaz cansada. Demais cansada. E também os sinônimos: gasta, moída, quebrada, estafada, partida, abatida, gasta, amolada, amofinada, a própria pilha Duracell no fim, a própria cinza da quarta-feira pós-Carnaval, as memórias do Carnaval vindo em blocos, só que sem o glíter, nenhuma mínima molécula de alegria, sem tempo para emoldurar o céu. Tão tão tão exausta que estive em letra minúscula durante todo esse tempo. e não que a maiúscula me componha, perceba, é um exercício este o de deixar a capitular de lado, os inícios fálicos ostentosos, retornos triunfais. eles vendem, afinal. olha eu aqui, superando a superação e saindo, tal qual o protagonista de uma cena de gosto duvidoso, do meio do gelo seco. por gelo seco, leia--se, fundo do poço, um lugar psíquico que a escritora-sofredora conhece tão bem que eu jurava que não presenciaria tão cedo. não leu ninguém da segunda geração romântica? é de lá que vem a inspiração, você não sabe? não é parente de Lord Byron? escritora que é escritora escreve sob forte efeito de psicotrópicos, depois de viver experiências abismais, mas cura tudo escrevendo, óbvio. a página em branco é o melhor remédio. por isso, estou bem agora. nem terapia, nem cuidados médicos. resmas e resmas de papel sulfite e, pronto, curadíssima. estou testando todos os tipos de papel e aplicativo para, em breve, fazer uma resenha no meu novo canal do YouTube, aliás. parece que, com Moleskine, comprado em loja de aeroporto, é mais rápido. a ver.

alertando para o fato de que mesmo que este texto esteja mais próximo do desabafo do que de uma escrita literária, me inscrevo num lugar delicado de exposição: nas letras, também miúdas, do contrato que assinamos com a literatura e com a arte, está escrito que é preciso lançar livros, anunciar o término de um projeto, dar títulos aos textos. eu só quero ler, escrever, pensar — e guardar traumas e questões íntimas em potinhos muito bem guardados. pode? nananão, é preciso sofrer e materializar o sofrimento em produtos culturais ao alcance do *like* ou do cartão de crédito. artista que não sofre não vende. na outra raia olímpica, os efeitos colaterais longe dos holofotes: exaustão, cabeça bagunçada. tem uma hora que tudo derrete. literatura é *hobby*? pra alguns, sim. pra quem o faz todo santo dia, trabalho. a fadiga mental, nesse *job*, é lesão por repetição. é preciso comemorar o parágrafo, a frase, o esboço. a internet não está aí pra gente poder editar a palavra imprecisa, avessa à impávida página impressa imexível? é preciso mais. quisera a literatura ser cura para a minha doença. muito do que veio dela e da pesquisa, da docência, foi também sintoma, por aqui, do lado de dentro de um corpo que esteve muito próximo de desmoronar. logo eu, que há muito tempo não aceito ser domada por hormônios ou remédios, me rendi a um tratamento psiquiátrico. era uma questão de vida ou morte. sofri, afinal, ainda que não tenha escrito — só — sobre isso. a audácia de olhar pra fora do quartinho escuro não é recompensada, mas todo mundo toma nota do sorriso imprevisto — a depressão é fotogênica, não se esqueçam, mesmo com todas as camadas de privilégio que acumulo no corpo que ocupo. o sinal está fechado pra nós. nem posso continuar o verso porque a juventude que tinha eu perdi um pouco nesses anos de caos, sem ter onde segurar a mão e sem dar pé, me comprometi com mais gente, fiz mais listas de coisas pra fazer pra viabilizar o único negócio que me mantinha viva. no neoliberalismo, o dinheiro e a aparência de que você está viva é que te mantêm viva. nada foi suficiente. nenhum projeto manteve o cronograma e as placas tectônicas deram um chacoalhão na linha do tempo que virou corda bamba. nem a esperança equilibrista, que me jurou lealdade, manteve o pé.

ironias à parte, é preciso escrever com quantas maiúsculas se fizer necessário: a arte — e a literatura, portanto, dentro desse guarda-chuva — são adendos importantes nos processos de luto, em quadros depressivos, mas não são suficientes — ainda que a arte não sirva a nada, nem a ninguém, outro *post-it* importante. o suporte sempre deve ser psicológico, médico. procurar cura pra depressão em oficinas de escrita, tão e somente, é como quebrar a perna e não ir pra emergência. com os professores e com quem ministra oficinas, não poderia ser diferente. há questões e questões e, infelizmente, nem todas podem ser elaboradas por meio do desabafo por escrito, porque nem tudo acontece pela via da linguagem. assim como nem tudo o que escrevemos é literatura. do meu mísero quadradinho, é como se eu tivesse ficado lesionada por algum tempo, desde a finalização de um doutorado. o que é estranho, né?, com tanto investimento em ciência, nossos cientistas, pesquisadores, professores pifando. ali, em plena luz do dia. como pode? bando de preguiçoso a gente. mas você também não é artista, Julie? tanto incentivo para mamar nas. pois é. ah, mas tem a empresa. toda a minha biblioteca pra quem conseguir. o obscurantismo é a nova rosa dos ventos e isso não começou com a pandemia. já faz mais tempo. encarei as consequências diretas disso em todas as esferas da minha vida que nem quadrada é. eu-artista, eu-pesquisadora, eu-professora, eu-afeto. foi antes do fim do mundo que, ó, adivinhem, também não reservou dias específicos pra privilegiar seu *line-up*. estava prontinha pra dar início aos projetos represados desde 2018 e, em vez disso, cheguei, sem nem pedir o ingresso, para o festival do apocalipse apresentando a falência múltipla dos órgãos terrestres em uma lenta e dolorosa sequência de *teasers* a todos que estiverem atentos. *atentos e cada dia mais fracos*. desculpe, Gal. no meu caso, e também suspeito que não estou sozinha, desatenta também. com um transtorno de atenção que dificulta um pouco o fechamento das pontas soltas. desatenta, ansiosa e, quem me dera, tão forte quanto se pensa. a lupa do Instagram te alcança? sair do sofrimento psíquico individual com passagem só de ida para o pior cenário de sofrimento coletivo sequer imaginado em séculos me faz voltar algumas casas no jogo da vida — uma competição neoliberal de costumes ainda merece esse nome? pergunta sincera, minha bateria social entrou num vórtex antissistema quando eu era adolescente. sobrou algum *check-list* de sucesso ou sobreviver vale por todos? dicas, *inbox*.

sigo ansiosa pelo dia em que o mundo finalmente postará seu textão de retorno das cinzas dizendo que ano passado morreu, mas que este ano não morre mais, que a ultradireita endossada pelos *negocionistas* seja só um retrato na parede, e olhe lá. devo esperar sentada? estamos derretendo. a pulsão de vida cada vez mais difícil de medir, o batimento cardíaco cada vez menos audível, a Terra gritando, por meio dos seis mil indígenas que seguem acampados contra o marco temporal. finjo que é só (mais um) cisco no olho quando vejo que o Jalapão foi vendido, tarefa impossível. o Tocantins guarda minha infância, foi lá que aprendi a andar. engolir o choro ou gritar nos mesmos decibéis que os ladrões que tomaram o Brasil? mas que chatice, agora vocês artistas e escritoras só falam de política. seria tão bom falar do odor das flores amarelas prestes a desabrochar nos ipês, tal qual um escritor com as contas pagas passando férias no campo, mas só sinto cheiro de fumaça. não é engajamento que vocês querem? toma arte engajada. sem gelo seco, por favor. pelo menos até que um projeto político de morte não seja mais palavra de desordem. devo me dar ao luxo de pegar as rédeas da minha vida, recém-recuperada, e ostentar o prato de comida na mesa, a possibilidade de ficar em casa e ter estado imune ao covid-19 todo esse tempo? um ano e meio em casa, sem ver a família, sempre de máscara, com medo, mas agora são aos olhos da sociedade do desempenho. prontinha pra produzir de novo — próxima do que a Julie do passado fez, por sobrevivência, não por vocação. docência e literatura precisam se desfazer do chapéu do talento, mas isso é assunto pra outros tantos textos.

dei sorte, estou viva. se você olhar bem de perto, até consegue enxergar uma mitocôndria feliz fazendo seu trabalho e uma aglomeração tímida de serotoninas. quando a gente traja luto por um tempo, descompassa, desajusta o cronômetro.

maldita morte, ouço na única vez no mês em que desço à padaria. morreremos todos na contramão atrapalhando o sábado, o tráfego, o trânsito. fingir calma no peito enquanto um tufão devasta seu piso interno é tarefa que a literatura não ensina. é sabido que a felicidade também é resistência quando em meio à necropolítica. nem por isso, baixo a guarda e conto vitória. até porque já deu de narrativa heroica sobre os corpos que nos dizem que há uma guerra maior em curso. um lembrete democrático segue ao alcance do olho: a sobrevivência individual não é maquiagem para o desfalque coletivo, o fim do mundo não tá pra brincadeira. estamos bebendo e soluçando como se fôssemos máquinas. o que eu queria mesmo era dançar e gargalhar como se fosse a próxima. não a última, penso, enchendo o peito pra gritar em maiúscula. sem retornos triunfais, por enquanto.

Inspira-respira

Arte é uma espécie de oxigênio, mas nem por isso o artista vive de fotossíntese. Até porque a gente também produz na sombra e o sopro de alívio do término de um projeto não depende só da finalização de um ciclo. Muita gente chega à escola dizendo que não acredita que tenha o dom. Como se tudo fosse um assobio, a musa, sempre ela, soprando a ideia e dizendo o que fazer. A culpa por a gente acreditar nisso é toda do cristianismo, que prega um canal direto com deus e pronto. A questão é: os apóstolos, o clero, os padres, os bispos e todos os religiosos que tinham a senha do *wi-fi* de deus eram homens — com canal direto, porque só eles tinham permissão. Se a própria Bíblia foi soprada por deus, claro que o texto também vem assobiado. A inspiração é de ordem teológica e, no momento em que a religião está em crise (quando não esteve?), o homem e a mulher artista entendem que são eternamente responsáveis pelo que criam e destroem. Acontece que não tinha muita mulher artista — e a musa continuava sendo a entidade divina responsável pelas ideias apropriadas pelos homens. Mas aí, se a gente volta lá pros gregos e vê que, em *Teogonia*, Hesíodo nos conta como elas surgem, o véu cai: Mnemosyne, deusa da memória, teve um trelelê com Zeus, deus dos deuses. Daí vêm as nove musas — hoje, elas precisariam acumular funções, não tem ministério pra todo mundo —, musas também criadoras, artistas, agentes.

De um jeito simples, se a memória guarda e o tempo abandona, a arte é isso: filha do acúmulo e do esquecimento — e, sem repertório, a gente não consegue atravessar mais do que uma piscininha rasa por pura falta de fôlego. A arte é oxigênio e o movimento duplo é de inspirar e expirar. Só assim o ar circula e as plantas continuam verdes. Nessa geografia artística das redes, a criatividade é um *commodity*, só que enquanto a gente não entender de plantio e cultivo da arte, unir técnica e conhecimento à sensibilidade, a cultura continuará em crise. Estudar, nem que seja em casa lendo cinquenta e cinco vezes o mesmo livro só pra saber como o autor chegou naquela frase. Ninguém precisa de curso, estudo ou escola pra ser *ghostwriter* de musa inspiradora. Pra escrever os próprios textos, sim. Sempre.

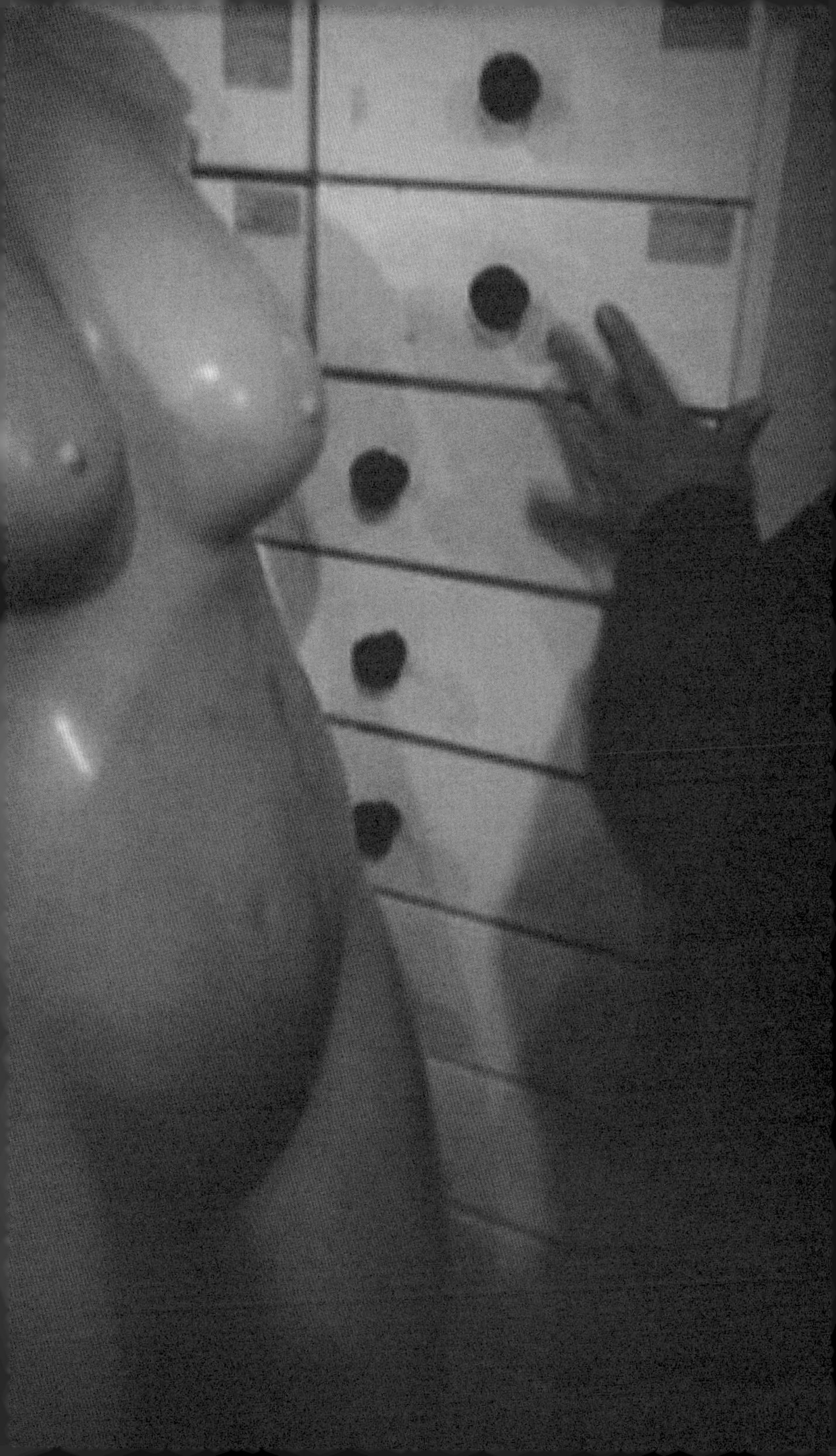

Nunca acreditei em cegonhas

Definir os contornos de uma oficina direcionada à escrita pode parecer controverso a quem nunca participou de uma. Escrita criativa não é destino que se lê em borra de café, terapia em grupo ou lei a ser aplicada sem restrição para erguer prédios em textos baldios. Essa obsessão humana com começos nos fez inventariar mitos criadores que explicam o mundo, e é daí a observação de George Steiner de que não há registro de divindades não criadoras. Invertemos os polos e atribuímos o divino ao artista, essa encarnação de deus que concebe arte com as próprias mãos, perfeito, sem defeitos. Não se trata de defender uma crença indiscriminada em cursos miraculosos, vendidos com a confiança de um modelo de propaganda munido de um bom cachê. Me parece uma insistência obscurantista e arcaica que ainda projeta na figura de grandes escritores, com todas as aspas ao adjetivo que antecede o ofício, um modelo a ser seguido, omitindo que boa parte das figuras alçadas a esse patamar ecoa um berço aristocrático e intelectual ou carrega uma dose de autodidatismo para construir um repertório linguístico e sensível que o tenha levado a escrever bons textos. No caso brasileiro, com o agravante de ser perceptível que as últimas décadas tenham tido uma predominância de romances centrados na figura do escritor dos grandes centros, narrador de personagens muito parecidos entre si.

Ao me juntar a uma boa quantidade de escritores que lançam mão da exposição dos próprios métodos e de uma investigação atenta a processos artísticos de outros escritores e outras artes, reforço o esforço de uma geração que ampliou os ecos dos sistemas de circulação literária já estabelecidos para lugares menos previsíveis, com protagonistas menos ensaiados, num palimpsesto pouco empalhado e taxidérmico, acelerada, é claro, pela facilitação tecnológica de criação de redes. Essa ilusão lisonjeira de que um texto surge do nada ou diante de um episódio de inspiração, propagada exaustivamente em eventos que centralizam a figura do escritor como atração, ressoou por muito tempo no imaginário de quem escreve à margem de um sistema literário, editorial ou acadêmico. O que é emplastro para os arautos da musa é partitura para quem pensa o texto a partir de seus estágios primitivos e o segue até ele parar de lhe atazanar as ideias, mapeando o processo e procurando pares com os quais compartilhar os procedimentos que o pilarizam.

Nesse ponto do caminho em que a escrita deixa de ser solitária, e há toda sorte de opções para fazer um texto chegar a esse sistema, a oficina é só uma delas — que, combinada a outras, pode validar ou não os textos assinados por quem os escreve, colocando o escrevente em contato com seus primeiros leitores, num ambiente de teste. Tatear a silhueta de um texto é, com sorte, atividade restrita aos bancos universitários das faculdades de Letras, estudo complementar de professores das áreas de Comunicação muito atentos, ou *hobby* sobre o qual se debruçam aqueles que apreciam a linguagem. Não falo aqui de uma análise estrutural das frases que compõem um texto bem executado, com o perdão do uso do advérbio, falo da possibilidade de amarrar com arame o abstrato, como diria Manoel de Barros, de procurar as frases que se iluminam pelo opaco. E ainda que eu empreste a língua dos poetas, me interesso em saber como é que ele aprendeu aquele idioma, ainda que ele seja só seu, que partitura é essa que dita o tom de sua dicção, ainda que haja ali a impossibilidade de uma tradução completa de uma gênese porque não somos mesmo capazes de registrar todos os passos de uma de nossas matérias-primas: a memória.

Qual é o grau de potência de um texto e de uma voz que o recomenda? Se emprestarmos da Física o significado de ressonância, entenderemos esse conceito como um fenômeno em que um sistema vibratório ou força externa conduz outro sistema a oscilar com maior amplitude em frequências específicas. E é a partir da energia vibracional armazenada por esse sistema que se mede a amplitude das ressonâncias. Analogamente, o sistema literário — assim como qualquer sistema artístico — depende de uma amplitude externa para a validação de uma obra. É uma vibração complexa que contém muitas frequências, afetivas também — o que coloca esse microssistema literário do qual o aluno faz parte assim que passa a frequentar uma oficina como um espaço para que essa ressonância comece a acontecer —, até que transborde. Assim como, no caso dos aprendizes de um instrumento musical ou do desenho, não se conferem restrições ou adjetivos aos seus cursos — um curso de Música não é um curso de música criativa, e um curso de desenho não carrega colado a si a qualidade que atribui criatividade —, para o aprendiz da escritura, o processo de tatear textos não pode, ou não deveria, ao menos, ser carregado de estigmas. Esse estatuto distorcido que prevê o sopro das musas tinge de cores bastante conservadoras o campo autônomo da Escrita Criativa, fazendo-nos correr o risco de transformarmos a mítica das musas no canto hipnótico de sereias — e oficinas centradas na linguagem e nos procedimentos de texto, na construção e revisão de repertório e na lapidação de uma narrativa estão muito longe de reproduzir ecos modelares.

Se, em vez disso, desautomatizarmos a ideia de que aulas de anatomia só servem a médicos, teremos também como ferramenta a apreciação e a manipulação de uma silhueta, cortada em plano transverso, ali, à nossa frente, numa mesa de *inox* gelada. Munidos de jalecos brancos e bisturis, dissecaríamos o cadáver da musa, filha da memória (Mnemosyne), dos céus e dos raios (Zeus), uma das irmãs das mães das artes, nomeadoras dos museus, esses altares todinhos dedicados a elas. Elas, as mesmas detentoras de estatutos criadores que colocam em xeque um DNA de acúmulo, a ideia dupla de não memória e memória como constituintes da arte, dão a deixa para que quem produz arte hoje corte vínculos com o passado ao mesmo tempo que recrie um outro paideuma, só que num processo muito mais consciente de suas etapas. A literatura exige tempo, e submeter um texto autoral ao mercado não segue receitas prontas de sucesso, muito menos deve importar manuais e práticas de outras textualidades num movimento de devoção. Ainda assim, o desfazimento dos mitos, das lendas e das narrativas que contribuem para uma reserva de mercado soberba pode, ao menos, contribuir para pulverizar as narrativas e os autores que habitam nossas bibliotecas. E mais: ter parte na cota de opinião subjetiva que alguns professores insistem em praticar na leitura crítica de textos de seus tutorados temporários.

Como uma praticante da impertinência, tenho dissidências teóricas que me permitiram outras filiações para além dos programas que frequentei, mas não sem ceder a um acordo íntimo com a ciência e com o conhecimento, e não sem agradecer nominalmente a cada professor que me fez uma professora e escritora menos previsível. Atento também para o nome dessa área que se quer autônoma dentro da academia, mas ainda carrega um adjetivo que limita sua substância — a escrita não precisa ser classificada como criativa para resultar em literatura. Nossos ponteiros não são mais os mesmos dos relógios de quem escreveu no fim do século XIX. Fixar modelos míticos a serem seguidos ainda nos dá um parâmetro calcado numa estética de narrativas de outros tempos, reducionista e, por vezes, maniqueísta — incluindo a ideia romântica de que o isolamento de referências nos faz mais originais. Tudo é contato e contágio — não à toa passamos todo esse tempo isolados. Texto é corpo, mas até a subjetividade é uma construção social e particularmente clichê. Se o espaço de restrição de nossas escolhas políticas não nos faz questionar o mito do herói, seja ele um personagem, seja um escritor, e todas as outras narrativas que o acompanham, os próprios escritores serão os responsáveis por colocar a realidade em perigo — a verossimilhança já está exilada há algum tempo.

E de formol já chega o cheiro da própria ideia de que oficinas não formam escritores ou das frases cheias de quinquilharias. Qualquer que seja o texto, ele não chega embalado num lençol ou é fruto tão somente de experiências entorpecentes. Essa é a explicação que tem nos dado quem mantém escrituras cifradas e artimanhas ilusionistas para se manter sempre em altares. A escrita não é tarefa fácil, mas não é, nem deveria ser, privilégio de quem nasceu ou teve acesso a bibliotecas de ouro.

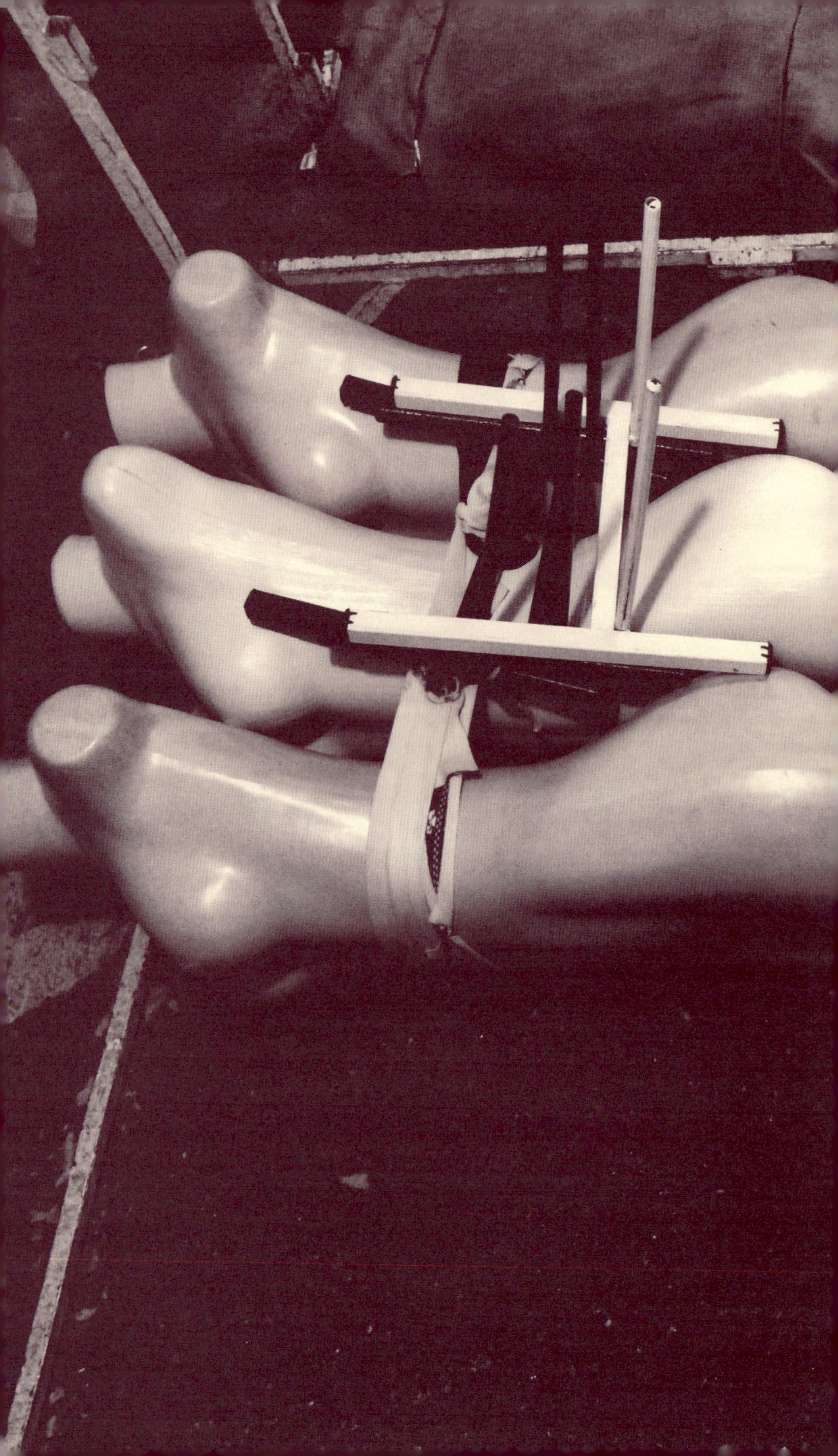

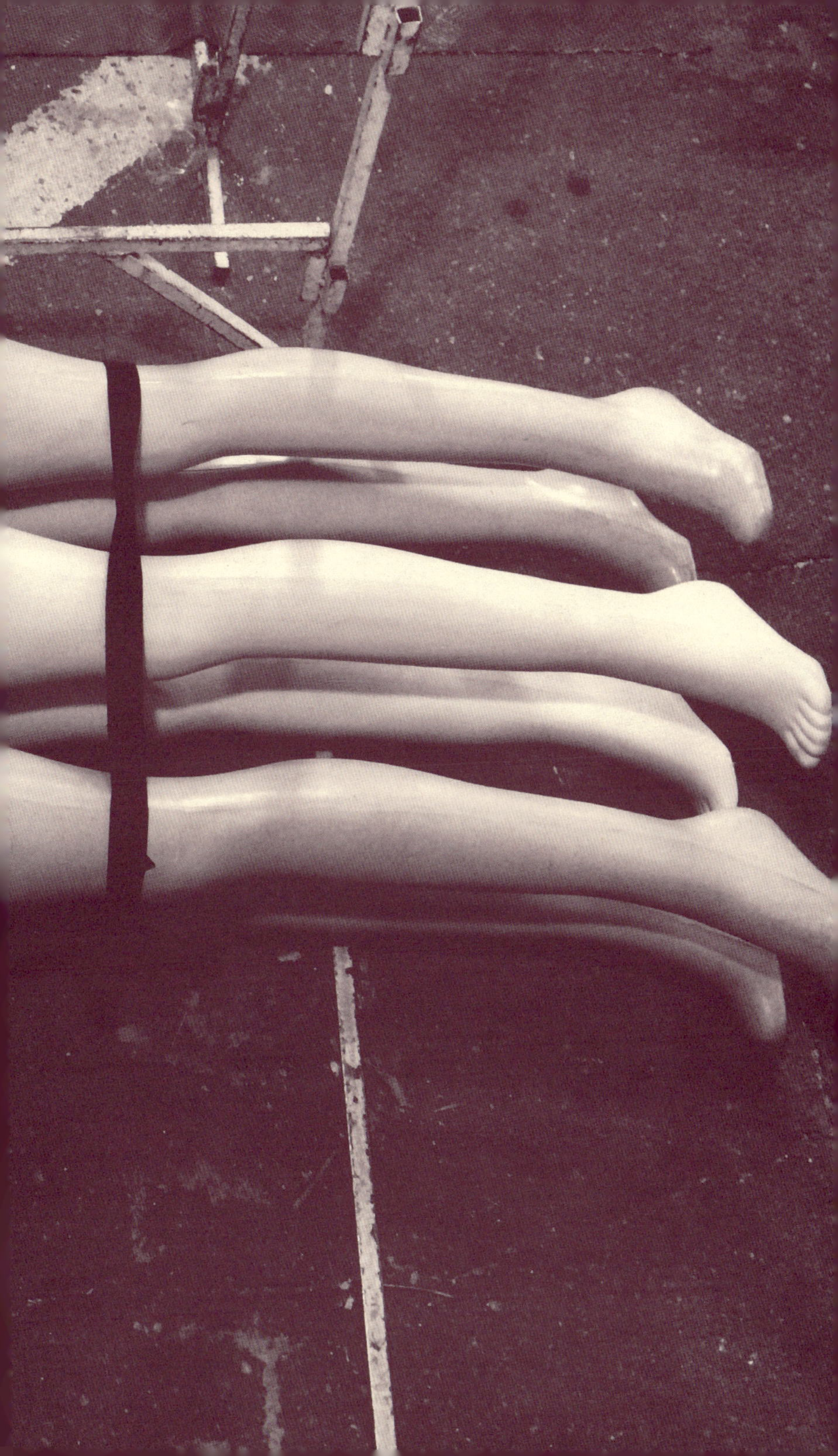

Não sou tuas musa

A palavra *criação* apanha um comboio em movimento e alcança estatura quando finalmente topa com a literatura e a arte a passos largos. Antes, sozinha, à luz da religião e da mitologia, convivia atravessada pelos arabescos bíblicos e pelas musas improváveis, ranços dialéticos que nos acompanham, fantasmas órfãos até hoje. Num dicionário conhecido de composição literária, ao lado da palavra *musa*, lá estão as seguintes definições: por extensão, tudo quanto pode inspirar um poeta e a correlação adjetiva inspiradora. Na correlação verbal, a pista: ser, tornar-se, revelar-se. A partícula apassivadora nos conta que ser musa não exige muito de quem o é. É uma atividade passiva, aqui. Para o poeta, no entanto, ela é sua prescrição, seu sopro, sua fonte que nunca seca.

Do lado de cá, a sensação de hesitação diante das páginas a serem escritas-preenchidas encosta a cabeça em nossos ombros e pesa como um dicionário, como uma enciclopédia, como uma biblioteca — esses livros todos pleiteando o posto de terem chegado primeiro, encostados à porta da maternidade para saber quem é o próximo a dizer a que veio. A responsabilidade é toda nossa, da autora por trás das teclas. Não há primeira pessoa do plural aqui, muito menos um espaço cativo de uma coletividade demarcada por um tipo só — ou o "senhor todo mundo", como diria Eric Landowski, semiótico canadense que nos dá um termo para o que seria o personagem clássico dos romances de autoficção brasileira já mapeado pela pesquisadora Regina Dalcastagnè: um personagem protagonista homem, heterossexual, pertencente a uma classe média alta intelectualizada e morador das grandes cidades — é desse personagem o privilégio de carregar o coro. É para quem escreve esse personagem que se reservam as primeiras cadeiras do cânone, do paideuma feito por todos os escritores-críticos que se ocupam de listas exemplares a escritores que moldaram a literatura considerada clássica, grande, entre outros adjetivos elogiosos. Nas omissões e nas negligências dessas listas de escritores fundamentais da alta literatura, moram as escritoras desconhecidas, quase sempre à margem de uma espinha dorsal masculina tentando fazer uma literatura que reivindica uma autonomia da própria margem, ao mesmo tempo que tentam se inserir nas vértebras já tão bem posicionadas de uma historiografia literária cheia de silêncios e silenciamentos.

É a conversa ambígua a respeito do que se fala sobre gênero, textualmente, sociologicamente, que abre as portas para um reconhecimento de outros contornos possíveis para as narrativas produzidas num entre-lugar latino-americano carente de pertencimento. O diálogo, o espaço — harmônico ou não — para os elementos heterogêneos de todas as linguagens mistura *performance*, artes visuais e literatura. E corre riscos ao se inscrever como um gênero não domesticável. Há uma tentativa de escrita de si mascarada de escrita de todos porque é necessário colar as etiquetas. Um ato egoico criador nos impede de solapar essa fronteira contraditória entre o viver-em-linguagem e o escrever-para-si. E é nessa travessia e vivência que a escritora em atividade no Brasil contemporâneo traça suas linhas, as linhas sobre uma outra e sobre uma si mesma inescapável. Mas como ser multidão e múltipla sendo um ser que está à margem de um ser que é considerado centro e padrão do mundo?

É certo que as artes como são tidas hoje têm sua raiz na Grécia Antiga, atribuídas todas à inspiração pelas musas, aquelas, do Olimpo. Das filhas de Mnemosyne, deusa da memória, e Zeus, o deus dos deuses, cada uma promoveria inspiração em uma área específica: Calíope, o épico; Clio, a história; Erato, a lírica; Euterpe, a música; Melpómene, a tragédia; Polymnie, a escrita e a pantomima; Terpsícore, a dança; Thalia, a comédia; Urania, a astronomia. É Hesíodo, na *Teogonia*, que primeiro enumera e dá nome às nove musas. E se adotarmos a técnica como pilar central dentro da construção textual — literária e artística —, facilmente repetível, uma força, nada mística, do texto, a musa vira uma caricatura forçada do que deveria ter ficado no imaginário renascentista. A mulher escritora, desde há muito, ao tentar se inscrever nesse cânone sempre tido como território do "senhor todo mundo", se apaga. Ao tentar escrever, é apagada. Pelos pseudônimos, antes necessários, pelo mercado, pela historiografia, por necessidade do casamento como instituição burguesa. Ainda que ambicione a realização desse texto para além do modelo posto, converte sua missão em uma fratura reversa, descolada de si e do outro. Não há périplo. Não há começo. Não há fim. E porque todas as histórias são as mesmas, desconfio que haja pouca probabilidade de terem sido as musas a soprarem todas elas.

Condensar, num texto ficcional, características de pluralidade, indeterminação, fragmentação, ruptura e descontinuidade desses sujeitos antes títeres e reféns do sistema, opressor em espaço e tempo, é, antes de um processo compulsório, uma consequência do viver na contemporaneidade, vivência híbrida em processo contínuo de desconstrução e invenção, uma maneira de existir no discurso, o que impacta nos modos de narrar, nos modos de representar, nos modos de criar. O híbrido, em sua forma, em seus materiais e em seu conteúdo, passa a ser um simulacro, uma tentativa de resposta, um tempo-espaço onde, despretensiosamente, a escritora contemporânea mediadora-artista está. Não se trata de uma, como sugere Leyla Perrone-Moisés, em seu *Altas literaturas*, "liquidação sumária da estética, do cânone e da crítica literária". Contraditório, o gênero que não é gênero, a pulular em manifestações menos lineares e institucionalizadas da literatura, seja nas redes sociais, seja nos circuitos alternativos ao mercado das grandes editoras, seja nos coletivos criados por mulheres, grande parte das vezes feitas por escritoras que mantêm a literatura viva para além dos redutos intelectualmente aristocráticos, é esse gênero que abarca vários dentro de si, que é inclassificável. É o Minotauro, que não sabemos se é touro ou humano, é o centauro Quíron que substitui Prometeu no Cáucaso, é a mescla de seres, de textos, de linguagens, de suportes. O gênero híbrido, ao mesmo tempo que é uma resposta contida em nosso tempo, reflexo situacional, comporta uma solução criativa para os problemas da linguagem no que cerne às questões de identidade e precisa ser uma escolha estética. É ali que está o espaço para a invenção, para a reinvenção e para a autocrítica, tão própria de uma sujeita fragmentada, sobrevivente da pós-modernidade, vivente de um tempo ainda sem nome. É no híbrido que reside a identidade em trânsito, sempre transformada, transmutada, alternada, convertida, metamorfoseada, imprevisível e antropofágica.

Ainda que não se possa se prevenir acerca dessa modalidade lábil de gênero, há, hoje, uma consciência mais lúcida em relação à sua enunciação como posição estética, mas também política. E, por isso, sem espaço definido num mercado que ainda insiste em falar em literatura feminina, posto que os personagens das histórias que nascem, crescem e se reproduzem à margem seguem contra a pasteurização. Avançamos? Gostaria de dizer que sim. A realidade é que a luta pelo poder dentro da literatura já está dando seus últimos suspiros, mas ainda há quem não queira largar o osso. A crítica argentina Josefina Ludmer canta essa bola há algum tempo falando em uma proposta de literatura pós-autônoma: para ela, fica evidente que, a partir das décadas de 1960 e 1970, as classificações literárias passam a responder a outra lógica e a outras políticas e, portanto, só poderiam funcionar formas, classificações, identidades e divisões numa esfera que é concebida como autônoma. Quando isso acaba, é nítido que o que está em jogo é o poder literário e a definição de poder na literatura, colocada abaixo a partir do momento em que não se reserva à aristocracia intelectual do eixo das grandes cidades o protagonismo na história e nas histórias.

Recupero a análise que Jacyntho Lins Brandão faz de trechos da *Teogonia*, de Hesíodo, e da *Odisseia*, de Homero, para pontuar uma última questão relativa à nossa inevitável herança grega: como a ideia de criação está atravessada pelo dedilhado das narrativas gregas sobre a memória. Se entendemos que nem as musas, nem o sistema de educação ética da memória na Grécia solapam os ecos das epopeias, estou propensa a achar graça que a dolorosa experiência do herói sujeito ao canto da sereia esteja também sujeito a uma experiência de sumissão às vontades de uma musa "desregrada, enlouquecida, sem limites em sua operação, uma ampliação funesta do canto que supõe uma produção infindável e mortífera, porque prescinde totalmente da operação do poeta". É Hesíodo que propõe uma leitura crítica a Homero e muda a perspectiva das coisas: a musa é a própria lítote, ela diz também pelo não dito — porque são híbridas, porque são, na lógica cosmogônica, junção de Zeus e Mnemosyne, não são só memória, são também não memória. E aqui Brandão atenta para o que está em jogo: um conceito de mimese que afeta a própria arqueologia da ficção. Quando Josefina Ludmer registra que as políticas da memória são também políticas da justiça, da identidade, da filiação e do afeto, ela nos lembra que a memória coletiva e pública é também o balizador do que é tido como à altura do cânone e, portanto, digno de aplauso.

O mergulho solitário no chão torto da criação tem sua razão de ser, portanto. A rouquidão que balbucia essa irregularidade ética que é acreditar no amortecimento da memória como um cântico hipnótico tece uma espessa paleta de cores que tinge esse estatuto distorcido e esburacado da criação que ativa os mesmos personagens. A nós, escritoras, o confessional e a autoficção não são somente o que interessa. A ficção que já deveria ser cânone porque desestrutura o que está posto, sim. A escritura cifrada, o desalento causado por figuras centrípetas e centrífugas, estratagemas olímpicos para mimetizar grandes estratégias narrativas que colocam o mundo em suspensão, uma válvula desregulada que transforma o vivido em artimanha ilusionista — se esquecem do poder da memória a partir de suas próprias raízes míticas. Se não pudéssemos esquecer o cânone, aí, sim, estaríamos condenadas. Que dádiva, e perdão por usar substantivos divinos, que a memória seja ruína de um mapa ilegível. Recorrer somente às narrativas icônicas como se fossem delas as costelas que permitem as narrativas femininas, como aquela personagem que, se lembrando só do passado, não é capaz de ter consciência do presente e do tempo que a atravessa. Não havendo consciência do presente, não se tem consciência do passado e não se tem consciência do futuro porque a espiral é uma só. É o próprio padre do balão que levanta voo no nevoeiro com a intenção de chegar à torre dos céus, talvez a mítica Babel, mas acaba atingido pela agulha de Notre-Dame, um texto pontiagudo estilhaçado pelo incêndio de uma torre de fortim. Fomos destituídas de nossas escolhas políticas pelo próprio mito do herói, não podemos continuar a creditá-lo. O perigo da realidade não é a provisoriedade das narrativas, mas sua própria tentativa de permanência. A voz das sereias também acaba. Sereios, deuses fatais, e musos, a nos soprar histórias: onde estão?

    Mais ou menos como as vozes que perpassam o conceito de polifonia bakhtiniano, a ideia de deslocamento é que, a partir do posto de observação privilegiado do centro para o periférico, não seria possível transmitir verdade. A verdade é um pilar da experiência, um deslocamento em direção ao outro, um movimento ficcional em direção a uma cena que condensa e cristaliza uma rede múltipla de sentidos. Arrisco-me a ampliar a ideia de deslocamento para além da alteridade como condição literária, como um necessário se colocar a pensar a respeito do outro e retratar essa margem tão carente de representatividade, mas ouso dizer que não temos aqui senão uma problematização que corre o risco de ser sociológica, e não literária. A literatura e a ficção são justamente o espaço de exercício de sermos o outro. Se o espaço imaginário é o único lugar de transmigrância identitária, é ali que as imagens estereotípicas, com um tipo de homem idealizado, o "senhor todo mundo", e com efeito de verdade não criam mais ressonância. É uma areia movediça o campo identitário desde que a ferida se abriu. E é também aí que se produz o que de mais interessante se viu na literatura contemporânea dos últimos anos.

O homem, esse ser em deslocamento, um indivíduo em instabilidade, em uma humanidade em ordenamento, não pode alojar mais uma ideia de proteção, de fixidez, de abrigo. É quase uma obrigação estética olharmos para essas identidades fraturadas que constituem um descentramento de nós mesmos para que a escrita como ética faça sentido, porque feita por outros corpos, por outras identidades, por outras narrativas. Antes, uma voz hierárquica nutria a intelectualidade de conceitos e material ficcional e artístico. Hoje, o espaço fronteiriço está ocupado por uma voz que já não se sente em casa, que nasceu deslocada de um centro porque nunca a ele pertenceu e pretende reinaugurar uma imagem estética pautada numa outra configuração da experiência e numa consequente reelaboração da ficção e do próprio estatuto literário — um estatuto pós-autônomo. O híbrido, por si só, minimiza as diferenças. É na mescla que reside a força criadora do século XXI: um mapa rasgado e reconstruído com cola branca e paciência cujas camadas não se conciliam, uma literatura quebradiça, não porque frágil, e sim porque inclassificável. Essas fronteiras quebradiças são o calcanhar de Aquiles de tudo aquilo que se chama arte hoje: seu caos e seu trunfo. As lentes não estão embaçadas, os limites é que mudaram de função — então, o exílio da linguagem, a negação do que está posto, do que é definido como cânone, se configura como oportunidade de redefinição do tempo, do espaço e da nossa própria ideia de sujeitas-leitoras, sujeitas-escritoras, sujeitas-artistas.

A arte é o abrigo, ainda que nem seja um lugar. O deslocamento entre linguagens passa a permitir o que foi encarado como traição: a contaminação, a alta assimilação de um texto em outro, o contágio, a permeabilidade do intertexto, do arquitexto, do hipertexto, de um texto em *performance*, uma escrita e uma literatura desterradas. O exílio de um território ou de uma linguagem, mas, principalmente, de um sistema serve para reconsiderar a órbita em torno da qual se organiza um sistema. Não é preciso reafirmar que a Terra é redonda, mas quantas vezes mais precisaremos reafirmar que todo um sistema patriarcal tem repetido insistentemente, tal qual um interfone com um botão pressionado por estar quebrado, as narrativas de sempre? Se chegamos até aqui juntos, com as cicatrizes coloniais e os resquícios de cânones pouco representativos, a pergunta inevitável resiste em saber o que vem depois dessa discussão. Musas e sereias aprenderam com a história, resolvendo reivindicar os créditos e deixar de ocupar altares. Em cada gesto com a caneta, os narradores do ontem ficariam surpresos com tantas doses de lucidez.

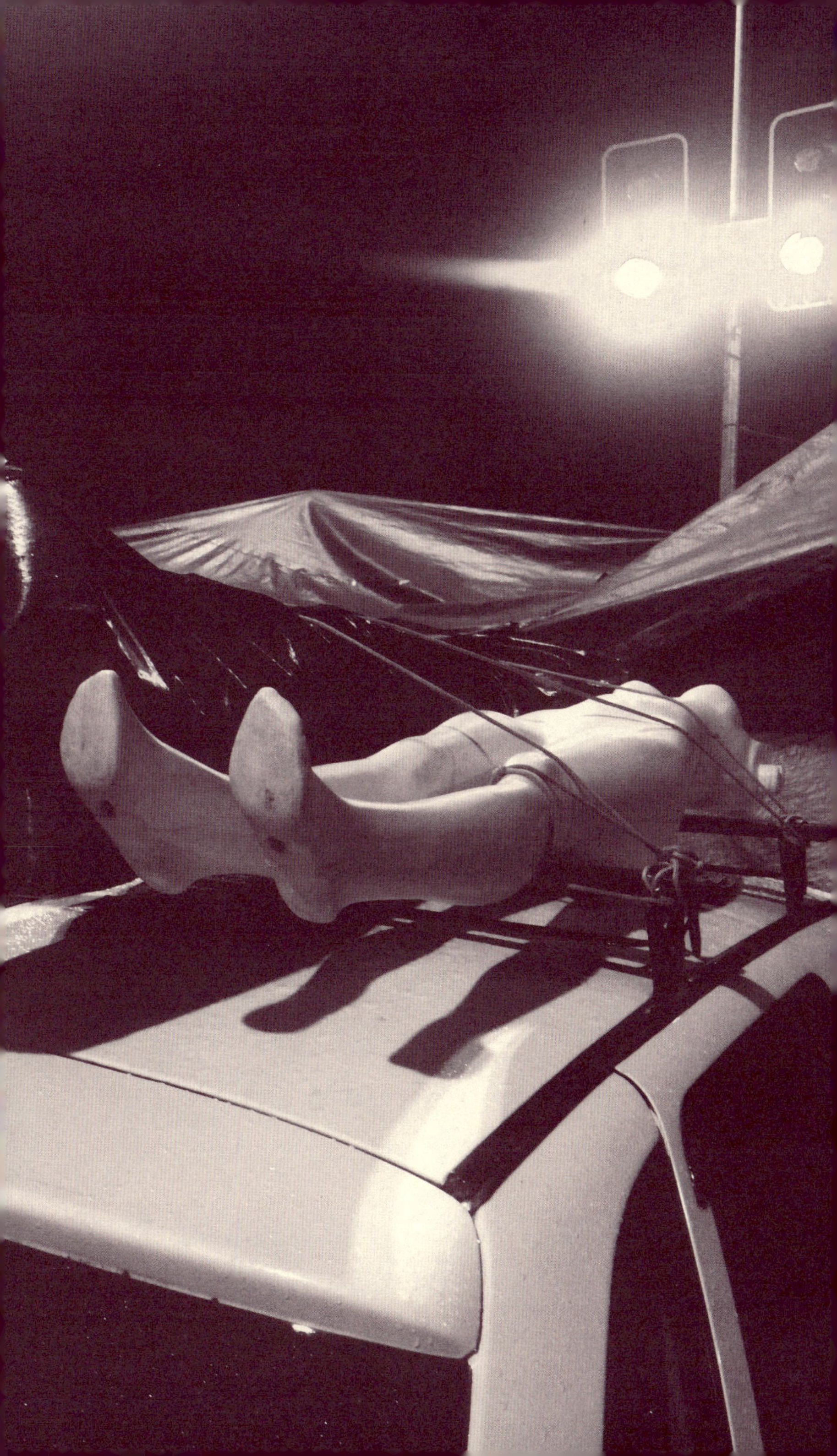

Foi a jornada do herói que nos trouxe até aqui

Faz algum tempo que a gente tem acompanhado um *rebranding* do herói. Ele está tão repaginado que não ocupa mais nem uma dezena de páginas — conseguiu quebrar a quarta parede da página e sair do livro. Está aí nas redes sociais, como de hábito, a figura eleita, com milhões de seguidores e o sucesso como sobrenome. Ele veio *do nada, do zero*. Nem se o herói fosse de proveta ele viria do nada. Ele tatua o nome da cidade, funda uma ONG e elimina muitos *haters* — que é o novo nome para inimigo — no caminho. A arma usada? O textão — o que significa que, basicamente, o herói de hoje é o herói do passado, só que alfabetizado e com conta no Instagram.

A gente aposta também as fichas nos novos heróis, os heróis em potencial. Podem até fazer o Enem — ainda que com medo de sair de casa, mas são as condições externas, é um chamado do Ministério da Educação, é a única possibilidade de uma geração e tal. É o tipo que atravessará uma horda de pessoas no meio de uma pandemia com a caneta na mão, passará horas empunhando a tal espada em cima de uma mesa ao lado de outros e chegará em casa ileso — descorongado. Como se fosse possível, é tudo efeito especial. Em poucos dias, saberemos que os mentores dele fracassaram por um ano, porque nunca foi possível garantir a vitória do herói estimulando encontros telepáticos para a mentoria. O problema é o sinal *wi-fi* — e, é claro, a desigualdade social, a falta de acesso a equipamento que garanta equidade de ensino a todos e o investimento parco em educação no país. Nada de muito significativo para uma narrativa de Instagram. *Hashtag* eu consegui. Conseguiu o quê? O Cavalo de Troia está diferente nestes tempos, né? São os nossos que trazem pra dentro de casa o próprio vírus. Mas o assunto não é esse. É o herói, esse lindo, que só existe porque ainda não inventamos um governo que funcione. Ou talvez tenhamos inventado e as pessoas achem que é ficção fabular — parece que até comem criancinhas. Vou apostar nessa hipótese.

Quem veio primeiro? A jornada do herói ou o herói? Não vou botar na conta do Campbell ou do Vogler, porque quero apostar que a dose imperialista ou instrucional tenha sido também falta de interpretação de texto. Nem todo livro é um manual, nem mesmo os que dizem que são. O desavisado, boa parte das vezes, é o leitor. Discordo, digo eu mesma, clamando para que a gente diga, sim, as narrativas de herói estão um saco, eu digo sim. O "senhor todo mundo", como diria Eric Landowski, é sempre quem aproveita realmente a festa. As festas não estavam proibidas, aliás? Com vírus ou sem vírus, ele está sempre ali pronto pra voltar pra casa vitorioso. Mas que casa? Nem todo herói tem casa, quanto mais uma pra qual voltar. Vai que, numa hipótese, ele tenha conseguido sair. Na volta, de cortesia, ele pode ganhar algumas recompensas pela empreitada. Um castelo, uma Tele Sena que ele nem lembrava que ainda existia ou uma mulher, que, apesar da tentação, é um bom prêmio por bom comportamento. Mas é claro que o problema não é dos escritores desses manuais, imagina. A recompensa também pode ser um homem de sunga e joias pelo corpo agregando véus. Não é à toa que harém se refere a um conjunto independente de aposentos destinados a concubinas. Os dicionários não mencionam que podem ser homens à disposição de uma imperatriz, mas os autores devem ter se esquecido, claro.

Em geral, ele chega cansado — viagem longa, sa'com'é, *burnout* é o novo nome. Se a gente está falando de um herói meia-idade, frustrado e desempregado, a esperança não acabou. A sorte dele é, quase desistindo, encontrar o mentor, o *coach* — o cara que é realista, sabe que não vai virar herói porque preferiu ficar de assistente do jogo. Afinal, é ele quem garante a *performance* — essa palavra que chegou intacta à língua brasileira e assim ficou — sem acento. É que o *coach* não cansa, ele está sempre em pé. O suprassumo é quando ele é *coach* de *coaches* — um herói de quem constrói heróis. Quer posição mais heroica? É ele que abastece nosso protagonista de um compêndio de citações motivadoras e com gabarito. É como se esse herói ganhasse, na década de 1990, um álbum pra guardar as trinta e seis poses do filme da Kodak, com legendas intercambiáveis. Uma espécie de quebra-cabeças do álbum de recordação — que, além de tudo, ainda serve como uma nova Bíblia. Sabe aquela coisa de abrir no aleatório e ver o que deus quer te dizer no dia? A Bíblia tá *out*, muita página, o herói demora pra aparecer e, de quebra, encerra tudo com apocalipse. Xô, *bad vibes*, diz o jovem místico.

Sei que falta pouco pro fim do mundo, não é hora de bagunçar o jogo, mas, pro nosso azar, o herói precisa acabar e a gente precisa arranjar um outro jeito de terminar essa história. Vamos dar uma folga. Ele tá cansado, né?, anos de empreendedorismo, sem contratos fixos e, muito menos, férias. É muito tempo carregando a história nas costas. Não é à toa que virou um troglodita, nada fácil lidar com a frustração do erro de gravação antes da hora. É só tropeço, uma hora basta. Estamos acostumados a ver erros de gravação só depois de conferir o final feliz. Empurramos até aqui com a barriga uma série de longa-metragens e documentários sacralizadores de personalidades que chegaram lá. E, em geral, é a graça, o nome próprio, tão forte que não precisa de sobrenome, que eleva a narrativa ao quadrado. Não aceitamos mais personagens chochos, sem graça. A falta de graça é a falta de nome. E nome é ciência que o brasileiro não coloca no modo randômico. É apoteótico que tenhamos sido governados por um Messias e que tenhamos tido um presidente interino que compartilhasse do nome Lula — ou quase, um outro presidente. Uma das mulheres mais ricas do país carrega o nome da personagem brasileira que homenageia Lolita — criada por quem foi exemplo pra muita narrativa de herói de meia-idade por aí. Há exceções? Sempre. O herói é a própria exceção. Num regime de exceção, numa crise sanitária que é a própria exceção, é recomendável ler a bula. Outro manual, *voilà*.

Mas se você chegou até aqui esperando uma proposta de intervenção, lá vai. Para 2021, eu apostei em roteiros sem clímax: o advento do herói foi uma catástrofe e a *matrix* resolveu que a narrativa sobre a vida na Terra deveria ser reprogramada. Estão com medo de ser isso o que sobra no *pen drive* que vai na cápsula do tempo. Um ou outro habitante do futuro pode se questionar: *mas, se eles eram tão incríveis, como não derrotaram um vírus? Era só ficar em casa.* A narrativa universal nos conta que a gente sabe emular bem a vida lá fora — não faltam tutoriais de como arrumar uma mala, uma legião de *youtubers* se especializou em contar como empreender a própria epopeia. O problema está no óbvio: nascer, se desenvolver, procriar, se for o caso, morrer sem que isso tenha sido culpa de um governo. Uma coisa atrás da outra. Complicado esse negócio de morrer todo ano, o brasileiro é cardíaco, não aguenta mais. No mundo comum do futuro, quem sabe, um alimento que não precise ser colhido num supermercado contaminado, a saúde mental em dia, uma sociedade funcional. Se tudo der certo, uma viagem de vez em quando. Sem grandes distrações. Paulo Leminski que me desculpe, mas é atentos e não distraídos que talvez cheguemos ao final da nossa própria história — mesmo que a gente não vença. Chatice isso de bem e mal. Aliás, soube que abriu um edital esses dias em busca de um argumento convincente — o que pode ser o *blockbuster* da era de Aquário. É a nossa chance. Quer dizer, não sei. Será? Sobreviveremos sem aplausos? Talvez eu precise ler um pouco mais antes. A redenção desse novo herói deve ser em algo parecida com uma louça limpa e boletos em dia. E aí, quem sabe, haja espaço para que uma ou outra heroína tenha coragem de sair de casa. E os livros que comprei no ano passado ali, me encarando da estante.

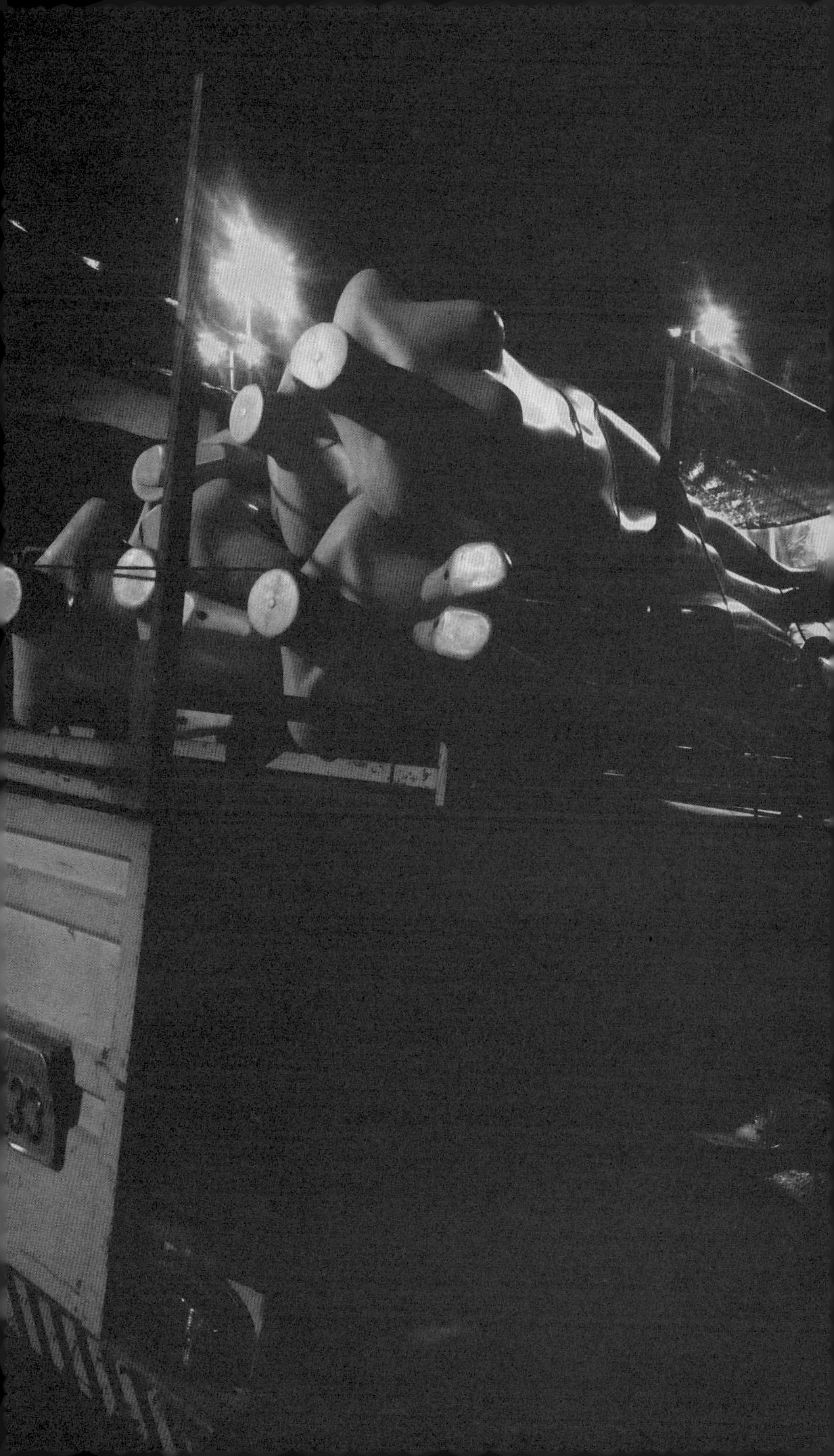

De sedentária convicta a atleta vacilona

Eu queria pedir desculpas a todo mundo que convenci de que ler é mais importante do que fazer exercício físico. A quem eu estava querendo enganar? Meu arroubo atlético aconteceu quando me vi assombrada pela ideia intragável de quase parar. Se a minha vida estivesse valendo uma aposta, eu perderia dizendo que a Julie de 2020 mudaria de profissão, mas jamais diria que aquela pessoa se renderia ao tédio da academia de ginástica por livre e espontânea vontade. É verdade, nem tão espontânea assim.

De cabeça baixa para a sina, sigo escrevendo mais do que antes e, contrariando todas as expectativas, levando minhas pernas para passearem mais do que eu podia ter calculado. Meu telefone diz que eu andei dois quilômetros a mais por dia do que o ano passado, o que me dá uma média de quatro quilômetros por dia, e isso me parece melhor do que contabilizar livros lidos enquanto contabilizo também analgésicos para a lombar com a postura toda torta no meu sofá.

Meu corpo tem reagido assustado. Acostumado com o silêncio a que submeti o coitado no último ano, sentada na cadeira por horas a fio escrevendo, pudera. Agora, meus ouvidos até a Miley Cyrus se renderam (em minha defesa, nunca tinha ouvido falar de Hannah Montana), *because, you know*, todo mundo que já leu *Mrs. Dalloway* concorda que, sim, *I can buy myself flowers* e esse é mesmo um hino. É *playlist* da endorfina, colchonete na mochila e ar puro dia sim, dia também — todas aquelas árvores da praça da frente de casa empenhadas em fornecer oxigênio para os meus pulmões.

A coisa toda já tinha sido impulsionada por uma ocorrência da qual não me orgulho: em 2021, fui parar na reumatologista. Com 32 anos. O diagnóstico era: bursite trombótica e epicondilite. Recorri ao Google: "dor nas ancas" e "tendinite do tenista". Eu, que nunca joguei tênis, sou partidária do rebatismo — do verbo *rebatizar*, e não do verbo *rebater* — da expressão para "tendinite da escritora", que consiste, basicamente, em uma transformação do nosso cotovelo numa dobradiça enferrujada. Fiquei tanto tempo sentada escrevendo e dando aula emoldurada por um retângulo que não conseguia me mover sem parecer um boneco articulado desses que se vendem para desenhistas praticarem suas formas humanas.

Mas eu não era uma forma humana. Eu era uma cabeça inquieta fazendo de tudo para compensar um *burnout* anterior vivendo em um apartamento sem sacada, sem vista e sem cortinas, lutando contra uma rinite que me levou ao temido corticoide. Uma pessoa muito saudável, como vocês podem constatar por essa breve descrição. Meus joelhos, que também não passaram imunes, e minha lombar, que sempre se queixou da minha postura, faziam coro às reclamações de um corpo que não aguentava mais ficar sentado para escrever. Comprei uma cadeira superlativamente ergonômica, mandei colocar rodinhas na mesa para levar meu escritório pra lá e pra cá no apartamento, aproveitando sempre a melhor luz, me matriculei no pilates e na natação. Comecei a subir e descer os onze andares do prédio em que morava todos os dias.

Tentei de tudo. Cheguei, inclusive, a parar de dar aula e a parar de escrever. Por uns meses, por conta de um trabalho de escrita por encomenda, só fazia entrevistas. Conseguia fazê-las em pé ou alternando posições na cadeira. Foi uma operação de guerra para voltar a me mover sem dor. Ou melhor: para voltar a me mover. Com destreza.

E não que eu fosse uma atleta antes. Léguas disso. Com uma infância milimetricamente preenchida por atividades extracurriculares que a mãe, professora de artes, fez questão de me enfiar, eu fui de armadora de handebol a ginasta, carreiras obviamente fracassadas em meses até que chegasse o próximo semestre e a próxima grade de coisas-para-enfiar-minha-filha--enquanto-eu-dou-aula. Não tinha concentração para não ser massacrada sendo a menor do time e, na ginástica rítmica, o que eu gostava mesmo era das fitas e dos colãs. Depois de adulta, empreendi algumas matrículas em academias, comprei uma bicicleta, cheguei a correr, mas sempre achei que meu cérebro era capaz de me provocar mais adrenalina viajando e caminhando por aí ou sem sair de casa. Errada eu não estava. Até eu não poder mais sair de casa e eu, como boa obsessiva, exagerar na dose e nunca mais sair mesmo.

Minhas dores nunca foram crônicas, tenho certa sorte nisso, mas elas inviabilizavam uma fonte de serotonina certa para mim: o trabalho. Logo depois de um *burnout* — ainda antes da pandemia —, o que eu mais queria era voltar a trabalhar. Mas tudo doía. Antes um pouco, cheguei a ir pro circo, que me parecia um esporte artisticamente estimulante e suficientemente acrobático para não me entediar. Foram alguns anos indo e vindo e me pendurando em trapézios e liras. Como se eu já não fosse aérea o suficiente. A mesma professora ofereceu aulas de alongamento para experimentarmos um aperitivo de contorcionismo e testar os limites da nossa elasticidade. Era chão demais para mim.

Nessa de uma escritora descobrir que tem um corpo, empreendi uma verdadeira odisseia de um médico a outro. Agraciada por uma genética que nunca me fez ter que ir ao hospital além de algumas cólicas e uma inquietude que disfarço bem, nunca parei quieta e isso me fazia ter um condicionamento até que louvável para a quantidade negativa de exercícios que eu fazia. Nunca quebrei um osso, não fumo, passei uma pandemia incrivelmente sóbria. Andava quilômetros em sala de aula e na cidade — não ter carteira de motorista em uma cidade grande pode ser um aliado do corpo, afinal. Parecia uma receita de sucesso — até essa derrocada hipocondríaca. Antes ainda de minhas dobradiças começarem a pifar, meus olhos deram indícios de que não queriam ficar mais tanto tempo assim na frente do computador.

Tive outro episódio durante o meu luto mais difícil, início da pandemia. Acordei com um olho cheio de bolinhas que pareciam uma picada de aranha-marrom. E quem já passou por Curitiba sabe o terror que elas podem provocar pelo simples fato de existirem. Fui direto para a emergência e, bem, não era aranha, mas o alerta da imunidade baixa estava ativo — não havia vacina e eu estava tomada pelo medo e pelo terror. Fiquei bem e, depois disso, acabei precisando fazer consultas frequentes ao oftalmologista. Por consequência daquele episódio, fui informada pelo médico de plantão, no dia em que fui parar lá por conta de um mero cisco no olho, que minha lágrima não tem qualidade e estava retendo qualquer coisa que passasse perto dos olhos. Não bastasse eu ser uma escritora com dificuldade de locomoção, minha lágrima estava sendo posta à prova. Minha lágrima, sabe.

Até pra chorar de verdade eu precisaria de uma ajudinha médica? Tentei argumentar dizendo que eu merecia uma carta de congratulações da companhia de saneamento, tamanha contribuição para os reservatórios ao longo dos últimos anos, sem sucesso. Agora é bom você andar com um colírio por aí, me diz o médico. Minha tese sobre não escrever sob efeito de psicotrópicos também seria colocada à prova pelos alunos mais atentos. *E esse colírio a tiracolo aí, professora?*, conseguia prever. Mas como uma hipocondríaca obediente, fiz que sim e incorporei o bendito à minha rotina de escrita, que, a essa altura, já tinha voltado por livre e espontânea pressão dos clientes.

Tudo ia muito bem no meu mundinho hipocondríaco até que a doce tranquilidade dos remédios foi sacudida por uma mudança de casa repentina. Tudo o que eu mais queria? Sim. Naquele momento e daquele jeito? Não. Fiz o que qualquer pessoa madura faria: coloquei os problemas dentro de uma gaveta mental e fui viajar. Passei cinco dias hospedada na casa de uma amiga que rema e mora na Praia da Saudade. É verdade, juro. Passei cinco dias hospedada na Praia da Saudade. Ela, que havia trocado radicalmente de vida e de humores, depois de começar a remar, me explicava coisas sobre o céu, a terra, a água e o caiaque. Que é diferente da canoa. *Quem quer ir longe, vai de canoa, quem quer ir sozinho, vai de caiaque*, ou algo próximo disso, ela me explicava enquanto me enfiava em tudo quanto é trilha e orla por, pelo menos, dez quilômetros por dia. *Seus pés sempre tiveram rodinhas, Julie, onde elas estão?*, esse inquérito amoroso, de amigas que te conhecem há mais de década, pode salvar um corpo. E, aos poucos, a maresia virou o lubrificante que eu precisava para as minhas dobradiças enferrujadas. Você que vive na praia deve estar querendo me dizer que não funciona assim, mas na minha crônica mando eu e, aqui, o que enferruja é uma casa com janelas fechadas porque está frio.

E, por falar em maresia, atravessar o Atlântico sozinha de caiaque não deve ser tão solitário quanto tentar consertar uma canoa sozinha e, às vezes, é mesmo melhor achar outro barco. Já em casa, recebo uma mensagem de uma corretora dizendo que o apartamento pelo qual eu havia me interessado saiu da reserva. Tem gente que compra coisas de madrugada. Eu procuro apartamentos para visitar. Chego no prédio, que tem lá sua semelhança com um navio, a corretora me diz que há um terraço comum, uma academia e, no apartamento, duas sacadas, apesar de ele ter só um quarto. Digo para ela que preferiria até três sacadas e nenhum quarto se assim fosse possível. Ela ri e me oferece uma visita à academia. Digo que não precisa, não devo usar. Depois de quase quatro meses instalada, me dou conta do naufrágio ao qual sobrevivi sabendo, no máximo, a teoria do remo e dou todos os créditos para as aulas de natação, para a praça na frente de casa e para, quem diria, a academia que esnobei na minha chegada. As quicadas de bola de basquete, os corredores obsessivos com seus relógios de medição de velocidade e os cachorros intrometidos são minha *playlist* predileta para acordar menos literária e, só por isso, mais escritora do que nunca. De uma convivência com pessoas insuportavelmente melancólicas, incluindo eu mesma, sobrou a inescapável presença sonora da endorfina dia e noite. Até meu sono está mais regulado depois que me transformei em observadora assídua e frequentadora quando possível desse pequeno cosmos onde as pessoas se movem e, me parece, são um pouco menos tristes. Mais felizes é uma afirmação muito forte. Mas, às vezes, eu saio da academia insuportavelmente feliz. Achava que eu era imune.

De bibliotecas bem-equipadas eu até entendo, mas de academia, não tanto. Ao adotar na rotina esse novo cômodo do prédio, me surpreendi com a possibilidade de ter um aparato todo só para o meu corpo, este corpo, que voltou a dançar sozinho em casa. Comecei aos poucos, com aqueles exercícios que eu já dominava puxando na minha memória os vídeos de yoga ou ginástica da pandemia, fui experimentando a gradação dos pesos coloridos, devidamente organizados num suporte embaixo da bola de pilates, uma amiga da velha guarda. Mesmo não sendo exatamente frequentadora, eu reconheço a mobília: uma esteira, uma bicicleta, um elíptico (a proximidade com o nome de figuras de linguagem me ajuda). Os três dividem o protagonismo com um outro aparelho a que apelidei de Michelangelo: é capaz de esculpir todas as partes do corpo, do cotovelo à falange do pé.

A academia, para a minha sorte, não conta com aquele que, para mim, é o mais angustiante dos aparelhos: um simulador de escadas que não te levam a lugar nenhum, mas te fazem conquistar panturrilhas de respeito — o próprio simulacro de Sísifo, só que sem a pedra. A vasta nomenclatura dos movimentos também merece uma tecla SAP à parte. Arrisco dizer que escrevi este texto mentalmente, num domingo, ao meio-dia, enquanto fazia um exercício voador invertido no Michelangelo, digo, na máquina. Fazia tempo que precisava recuperar o respeito da minha caneta escrevendo algo meu — os dilemas de quem escreve por encomenda. Enquanto desenhava os músculos do meu ombro sabe-se lá por quantas séries porque parei de contar, as letras iam se enfileirando na minha cabeça e eu ia editando, com o meu cursor imaginário, o que eu pretendia contar aqui.

Quase dois meses depois de incorporar de verdade o exercício à minha rotina, estou convencida de que minha produtividade aumentou e nem é como se eu estivesse mais abastecida de histórias — o que consegui foi esvaziar minha cabeça e isso, sim, é um feito. Uma sala inteira para reorganizar as palavras em novas prateleiras endorfinadas, um cérebro com cores menos solenes e paredes mais coloridas, até os conduítes voltaram a ser amarelinhos. Saindo da academia, depois de um fim de semana dedicado à escrita e a mim mesma, corri para almoçar num *buffet* por quilo. Eu, que nunca saio de guarda-chuva, fui surpreendida por um minitemporal no meio do caminho e precisei parar na marquise mais próxima. Só havia um restaurante viável para chegar sem se encharcar tanto: uma churrascaria. Num domingo. Depois de uma mudança radical de vida, não havia nada mais corajoso do que almoçar sozinha numa churrascaria, penso. Num domingo, é importante frisar. Eu nem sou tão fã assim de carne. Cogito ficar e testar se minha endorfina me salvaria de uma derrocada dominical melancólica, estou longe demais da praça e da sua alegria vigilante.

Hesitei e segui o plano inicial: me encaminhei a passos rápidos para o *buffet* de variedades inofensivo duas quadras adiante. Tropeço com a precisão de um corpo que sabe exatamente para onde está indo, mas ainda é cambaleante, os sapatos já cheios de lama. Ando duas quadras e minha cabeça já está inacreditavelmente cheia. Outro banho de chuva e um pouco de literatura não vão fazer tão mal assim.

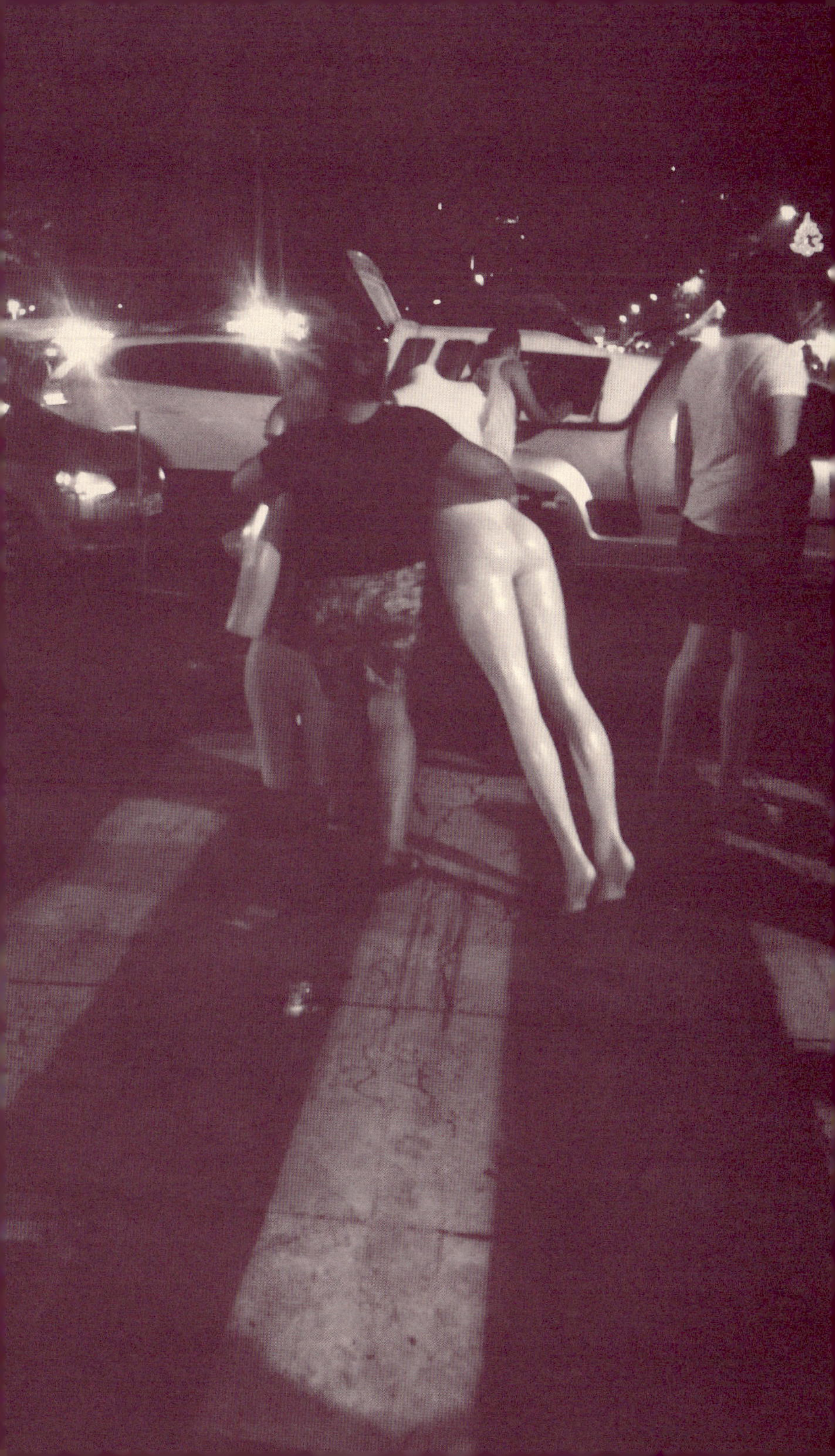

referências dos textos ___

- **Somos todos passarinhos presos em supermercados** | Essa frase, junto com frases escritas por outros escritores, todas compostas de seis palavras, estampou estações-tubo curitibanas, em uma ação idealizada por Rogério Pereira, na ocasião da Bienal de Curitiba, em 2016.
- **Decálogo de quem não conseguiu escrever uma crônica, muito menos uma lista** | Crônica publicada originalmente na edição 212 da revista *TOPVIEW*, em junho de 2018.
- **Sobre imperativos, procrastinação e manuais — ou instruções para escrever instruções** | Texto publicado em 14 de novembro de 2016, na *R.Nott Magazine*, a convite de Vinicius Ferreira Barth.
- **11 dicas para cuidar do seu carro ou o que um pequeno dicionário de automobilista [...]** | Texto publicado no jornal *Plural* em 23 de junho de 2020.
- **Escrever é** | Publicado em maio de 2015, esse texto é integrante do projeto "2 mil toques", encabeçado por André Timm.
- *Um dia no mundo* | Esse texto foi escrito em 27 de setembro de 2016 como parte do projeto "Um dia no mundo", uma convocatória mundial feita pela Universidade de Barcelona e pela PUCRS para que qualquer pessoa escreva sobre seu dia e, com esse conjunto, se tenha uma crônica de um dia no mundo, com o objetivo de propor à Unesco que o dia 27 de setembro seja declarado o Dia Mundial da Escrita, em homenagem ao escritor Máximo Gorki, idealizador do projeto.
- **Nem todas as flores são amarelas** | Crônica publicada originalmente na edição 208 da revista *TOPVIEW*, em fevereiro de 2018.

- **O texto *prêt-à-porter*** | Crônica publicada originalmente na edição 222 da revista TOPVIEW, em abril de 2019.
- **Lamber a própria língua** | Texto encomendado por Manoela Leão, para a revista *Bergerson*, escrito em agosto de 2022.
- **Aquele ano em que a gente aprende a contar** | Texto publicado no jornal *Plural* em 9 de junho de 2020.
- **(A)LIVE** | Texto publicado no jornal *Plural* em 20 de julho de 2020.
- **Interrupção** | Texto publicado no jornal *Plural* em 13 de outubro de 2020.
- **Tentativa de esgotamento de uma cidadã brasileira** | Texto publicado no jornal *Plural* em 21 de dezembro de 2020.
- **Dançarinos elétricos** | Texto publicado no jornal *Plural* em 3 de fevereiro de 2021.
- **O derretimento das derrotas protocolares** | Texto publicado no jornal *Plural* em 5 de setembro de 2021.
- **Nunca acreditei em cegonhas** | Texto publicado na editoria Pensata, do jornal *Cândido*, da Biblioteca Pública do Paraná, em 27 de outubro de 2020.
- **Não sou tuas musa** | Texto publicado no jornal *Cândido*, da Biblioteca Pública do Paraná, em 30 de março de 2021.
- **Foi a jornada do herói que nos trouxe até aqui** | Texto publicado no jornal *Plural* em 20 de janeiro de 2021.
- **De sedentária convicta a atleta vacilona** | Texto publicado no jornal *Plural* em 5 de março de 2023.

* *Os textos publicados na revista* TOPVIEW *contaram com o apoio de Yasmin Taketani. Os textos publicados no* Plural.jor *contaram com o apoio de Rogério Galindo.*

agradecimentos

A literatura me ensinou a nomear e, por isso, agradeço. Suzana, Rosana, Alexandre, José Carlos, Acir, Lourdes, Paulo Ricardo, Anna, meus professores, a diferentes alturas da ampulheta, por me ajudarem a identificar os grãos de areia. A Alice, Assionara (*in memoriam*) e Luci, por pavimentarem a estrada de tijolos amarelos. Como boa aprendiz, me restou andar à borda. Yasmin, por me convocar à crônica, Rogério, por me manter à baila. Bárbara e Guilherme, que tal estas tesouras atentas, sonhar impresso é bonito, fazer um livro atravessar uma praça, mais ainda. Alice, Amanda, Francieli, Helena, Marion, Monica, Nathalie, Olivia, que arranjo cósmico, meu obrigada, vocês sabem, é um rasgo no tempo e dura pra sempre. Estrela, Larissa, olhos-fermento, lentes soberanas no polimento deste livro. Daniela, suas anteninhas, aquelas palavras dignas de alto-falante, vou emoldurar. Pedro, pelas peripécias e pelos precipícios — a vida, em seus métodos, redefiniu sístoles e diástoles e é disso que se trata. A minhas avós, Jenny e Aurinha, meu prólogo corajoso e meus botões. Mãe, pai, por vocês, acredito em périplos e, se vocês apertarem bem os olhos, saberão quando esta escritora nasceu.

1ª edição [2023]

Este é o livro nº 10 da Telaranha Edições.
Composto em Tiempos, sobre papel pólen 80 g, e impresso
nas oficinas da Gráfica e Editora Copiart em setembro de 2023.

Foi alinhavado numa lua que recebe o adjetivo de azul para dizer
que é rara, talismã celeste que, dizem, previne a falha das canetas,
nossas cúmplices.